AF142016

Le crime de la tunique d'Argenteuil

Florence Metge

Le crime de la tunique d'Argenteuil

Roman

© Florence Metge, 2025

Couverture et photo : Florence Metge

Édition : BoD · Books on Demand, 31 avenue Saint-Rémy,
57600 Forbach, bod@bod.fr
Impression : Libri Plureos GmbH, Friedensallee 273,
22763 Hamburg (Allemagne)

ISBN : 978-2-3225-7451-3
Dépôt légal : Mars 2025

Argenteuil : une banlieue bien ordonnée où la nature et les humains se rencontraient dans d'agréables harmonies…, un cadre qui permet aux Parisiens bourgeois de laisser les sports d'air, de lumière et de rivière apaiser les angoisses de la ville.

Robert L. Herbert

À droite, là-bas, c'était Argenteuil, dont le clocher se dressait ; au-dessus apparaissaient les buttes de Sannois et le Moulin d'Orgemont.

Guy de Maupassant

La campagne, pour le Parisien, c'est Meudon, Saint-Cloud, Asnières ou Argenteuil. Là il se dilate, s'amuse. Mais, si on le transportait dans la vraie campagne au milieu des champs silencieux, tranquilles, immobiles, où poussent les récoltes épaisses, où seuls, un cri d'oiseau, un mugissement de vache traversent parfois la muette solitude, il serait saisi d'inquiétude et redemanderait bien vite sa petite campagne à canotiers tapageurs, à chemins de fer et à bastringues.

Guy de Maupassant

PRÉFACE

Depuis l'an 800, la basilique Saint-Denys d'Argenteuil, dans le Val d'Oise, à huit kilomètres de Paris, abrite la sainte tunique, le vêtement qu'aurait porté Jésus-Christ lors de ses deux derniers jours. Offerte en cadeau à Charlemagne, elle a résisté aux vicissitudes de l'histoire et elle est tombée plusieurs fois dans l'oubli. Signe de sa présence dans la ville, la tunique est représentée sur le blason d'Argenteuil.

Depuis 2016, l'Église catholique tente de faire revivre le culte de cette relique sacrée. Habituellement conservée dans un reliquaire, elle est exposée dans la basilique d'Argenteuil tous les cinquante ans. Cependant, des ostensions exceptionnelles peuvent être décidées. Le vêtement sacré a ainsi été déroulé et exposé au public en 2016. À l'occasion du jubilé décrété par le Pape François, l'évêque de Pontoise, gardien de la sainte tunique, a choisi de dévoiler celle-ci du vendredi saint 18 avril au 11 mai 2025. Plus de 400 000 pèlerins sont attendus à cette occasion.

L'ostension de 2025 offre l'opportunité de découvrir ce vêtement sacré méconnu, objet de méditation spirituelle sur les souffrances du Christ et trésor inestimable du patrimoine religieux français. Pour l'Église, la tunique d'Argenteuil représente un cheminement vers le mystère de la foi.

« Le crime de la tunique d'Argenteuil » lève le voile sur la tunique d'Argenteuil, une relique méconnue qui est pourtant comparable au célèbre linceul de Turin. Il révèle son étonnante histoire ainsi que les polémiques et dérives qu'elle suscite.

PROLOGUE

Alors Pilate prit Jésus, et le fit battre de verges. Les soldats tressèrent une couronne d'épines qu'ils posèrent sur sa tête, et ils le revêtirent d'un manteau de pourpre ; puis, s'approchant de lui, ils disaient : « Salut, roi des Juifs ! ». Et ils lui donnaient des soufflets.

Pilate sortit de nouveau, et dit aux Juifs : « voici, je vous l'amène dehors, afin que vous sachiez que je ne trouve en lui aucun crime. »

Jésus sortit donc, portant la couronne d'épines et le manteau de pourpre. Et Pilate leur dit : « Voici l'homme. »

Lorsque les principaux prêtres et les huissiers le virent, ils s'écrièrent : « Crucifie ! Crucifie ! »

Pilate leur dit alors : « Prenez-le vous-mêmes, et crucifiez-le ; car moi, je ne trouve point de crime en lui ».

Les Juifs lui répondirent : « Nous avons une loi ; et, selon notre loi, il doit mourir, parce qu'il s'est fait fils de Dieu. »

Quand Pilate entendit cette parole, sa frayeur augmenta. Il rentra dans le prétoire.

— D'où es-tu ? demanda Pilate.

Mais Jésus ne lui donna point de réponse.

— Est-ce à moi que tu ne parles pas ? demanda Pilate. Ne sais-tu pas que j'ai le pouvoir de te crucifier, et que j'ai le pouvoir de te relâcher ?

— Tu n'aurais sur moi aucun pouvoir, s'il ne t'avait été donné d'en haut, répondit Jésus. C'est pourquoi celui qui me livre à toi commet un plus grand péché.

Dès ce moment, Pilate chercha à le relâcher.

— Si tu le relâches, tu n'es pas ami de César, criaient les Juifs. Quiconque se fait roi se déclare contre César.

Pilate, ayant entendu ces paroles, amena Jésus dehors ; et il s'assit sur le tribunal, au lieu appelé le Pavé, en hébreu Gabbatha. C'était la préparation de la Pâque, et environ la sixième heure.

— Voici votre roi, annonça Pilate aux Juifs.

— Ôte, ôte, crucifie-le ! s'écrièrent-ils.

— Crucifierai-je votre roi ? demanda Pilate.

— Nous n'avons de roi que César, répondirent les principaux prêtres.

Alors Pilate le leur livra pour être crucifié.

Les prêtres prirent donc Jésus et l'emmenèrent. Jésus, portant sa croix, arriva au lieu du crâne qui se nomme en hébreu Golgotha. C'est là qu'il fut crucifié, et deux autres avec lui, un de chaque côté et Jésus au milieu.

Pilate fit une inscription, qu'il plaça sur la croix, et qui était ainsi écrite : « Jésus de Nazareth, roi des Juifs [INRI] ». Beaucoup de Juifs lurent cette inscription parce que le lieu où Jésus fut crucifié était situé près de la ville : elle était en hébreu, en grec et en latin.

— N'écris pas « Roi des Juifs », dirent les principaux prêtres des Juifs à Pilate. Mais écris qu'il a dit : « Je suis roi des Juifs ».

— Ce que j'ai écrit, je l'ai écrit, répondit Pilate.

Après avoir crucifié Jésus, les soldats prirent ses vêtements, et ils en firent quatre parts, une part pour chaque soldat. Ils prirent aussi sa tunique, qui était sans couture, d'un seul tissu depuis le haut jusqu'en bas. Et ils dirent entre eux :

— Ne la déchirons pas, mais tirons au sort à qui elle sera.

S'accomplît alors ce qui avait été annoncé par le prophète : « Ils se sont partagés mes vêtements, et ils ont tiré au sort ma tunique. Voilà ce que firent les soldats. »

Près de la croix de Jésus se tenaient sa mère et la sœur de sa mère, Marie, femme de Clopas, et Marie de Magdala.

Jésus, voyant sa mère et, auprès d'elle, le disciple qu'il aimait, dit à sa mère : « Femme, voilà ton fils. »

Puis il déclara au disciple « Voilà ta mère. » Et, dès ce moment, le disciple la prit chez lui.

Après cela, Jésus, qui savait que tout était déjà consommé, dit, afin que l'Écriture fût accomplie : « J'ai soif. »

Il y avait là un vase plein de vinaigre. Les soldats en remplirent une éponge, et, l'ayant fixée à une branche d'hysope, ils l'approchèrent de sa bouche.

Quand Jésus eut pris le vinaigre, il dit : « Tout est accompli. »

Et, baissant la tête, il rendit l'esprit.

Évangile selon saint Jean, chapitre 19

1 . CRUCIFIXION

Argenteuil (Val d'Oise), hiver 2025

Énimie Chardaire se réveille lentement alors que les premières lueurs de l'aube percent l'obscurité hivernale recouvrant la ville. La lumière pâle dissipe peu à peu les ténèbres de son studio situé au quatrième étage d'un immeuble en béton datant des années 1970. Elle se redresse dans son lit, ses longs cheveux noirs en bataille et ses yeux en amande cernés. Elle tend son bras vers la table de chevet pour attraper son smartphone. Elle désactive l'alarme programmée pour sonner dans un quart d'heure. La jeune femme de vingt-trois ans prend une douche rapide, s'habille et avale un pain au chocolat et une tasse de café. Quand elle sort de son appartement, constatant que l'ascenseur est occupé, elle se dirige vers l'escalier, dévale les quatre étages, passe devant plusieurs rangées de boîtes aux lettres puis sort de son immeuble. La rue est déjà encombrée d'automobiles.

Énimie marche cinq minutes jusqu'à son arrêt de bus. Ce matin, le ciel pluvieux s'étend en de nombreuses nuances de gris qui s'assombrissent à l'ouest. La météo demeure désespérante. Les jours sans soleil s'enchaînent depuis des semaines. L'anonymat et la rugosité de la ville angoissent la jeune femme. Elle ne se sent pas bien ici ; elle ne se sent pas à sa place. L'humidité, le gris, le béton, la solitude… Énimie regrette d'avoir quitté sa Lozère natale il y a quelques mois. Elle est passée d'un département rural comptant 76 500 habitants au Val d'Oise qui ne compte pas moins de 1 250 000 habitants. Si elle a déménagé, c'est parce qu'elle ne trouvait pas de travail dans sa région d'origine. Énimie est le prototype de la jeune femme bûcheuse et consciencieuse, toujours plongée dans des bouquins ou sur Internet. Après son diplôme de journalisme, elle a eu peur d'atterrir, comme beaucoup de ses camarades de promo, dans la communication d'entreprise. Ce n'est pas évident de trouver un emploi de journaliste à la sortie de l'école quand on n'a pas de connaissance dans le milieu. Grâce à sa mère, elle a trouvé une autre voie, plutôt atypique.

Sous l'abribus, Énimie commence à avoir froid malgré son épaisse doudoune noire. Comme d'habitude, son bus a du retard. D'ailleurs, maintenant, la RATP ne prend même plus la peine d'afficher les horaires de passage : « un bus toutes les quinze minutes »… La jeune femme se félicite d'avoir pris un peu de marge afin d'arriver à l'heure. C'est elle qui est responsable de l'ouverture aujourd'hui. Elle jette un œil à l'intérieur de son sac à main pour vérifier qu'elle n'a pas oublié les clefs. Des trombes d'eau s'abattent soudain sur le bitume formant bientôt des flaques d'eau sur la chaussée. Une voiture serrant d'un peu trop près le trottoir éclabousse le petit groupe qui s'est formé sous l'abribus. Énimie échappe de peu à l'arrosage grâce à un homme baraqué qui s'est imposé devant elle. C'est lui qui se retrouve trempé ; c'est bien fait !

Le bus 272, bondé, arrive enfin. Énimie suit la file qui peine à monter. Quand elle valide son pass Navigo, elle constate qu'il n'y a aucune place assise. Pire, les passagers debout dans le couloir ont pris racine, les yeux rivés sur leurs téléphones portables ; ils ne bougent pas d'un pouce pour faire de la place aux nouveaux arrivants. Devant tant d'indifférence, le chauffeur se résout à diffuser une annonce enregistrée les invitant à se diriger vers le fond du bus. Au bout de plusieurs minutes, le conducteur peut enfin fermer les portes du véhicule et démarre. Serrés comme des sardines, dégoulinant de pluie, les passagers prennent leur mal en patience. Certains tentent désespérément de conserver l'équilibre en se raccrochant à quelque chose. Énimie partage une barre métallique pleine de microbes avec un homme sans masque qui tousse sans se soucier de ses voisins. Le bus s'englue bientôt dans un embouteillage qui paralyse l'avenue Jean Jaurès. Dès qu'il pleut, la circulation devient difficile. Des coups de klaxons rageurs se font entendre. De nouveau, la tentation de renoncer s'empare de la jeune femme : fuir la banlieue. Cependant, elle se réconforte en se disant que son calvaire ne devrait pas durer plus de six mois, le temps de sa mission. Mètre par mètre, le bus se traîne lamentablement dans Argenteuil. À travers les vitres pleines de buée, la jeune passagère parvient à distinguer les enseignes lumineuses des commerces. Sous la grisaille et coincée dans ce trafic automobile dense, Énimie a beaucoup de mal à imaginer qu'Argenteuil fut autrefois un lieu de villégiature très prisé grâce à ses bords de Seine. Les peintres Monet, Manet, Caillebotte et Sisley l'ont peinte. Claude Monet lui a même consacré plus de 150 tableaux ! Argenteuil s'expose dans les plus grands musées du monde. Aujourd'hui, c'est la quatrième ville d'Île-de-France avec plus de 109 000 habitants. L'urbanisation galopante l'a rendue méconnaissable ; les années 1960 l'ont en partie défigurée. Aujourd'hui, on met au jour des vestiges de sa riche histoire. Après une bonne demi-heure de trajet, la jeune femme arrive enfin à destination.

Avec sa grande clef d'un autre âge, Énimie déverrouille les battants d'une porte massive en bois. Comme chaque fois, elle est frappée par le silence et la paix qui règnent en ces lieux : un calme religieux, loin des tumultes urbains. C'est comme si elle quittait brusquement la ville pour rejoindre un autre monde. La clarté perce les vitraux, inondant l'édifice de lumière. La jeune femme avance dans la grande nef de la basilique Saint-Denys, profitant de ce moment paisible, quand soudain quelque chose d'anormal attire son attention.

— Doux Jésus ! s'écrie-t-elle.

À droite du chœur, une silhouette est attachée à la grande croix en bois. Énimie sent son cœur s'emballer. Le visage de l'homme, entièrement nu, est en partie caché par de longs cheveux bruns. Énimie réprime un haut-le-cœur ; la nausée l'envahit. Les yeux grands ouverts de l'individu semblent la fixer. Ses mains et ses pieds sont ensanglantés. Crucifié ! La jeune femme sait qu'elle ne pourra plus entrer dans la basilique sans que cette vision d'horreur ne revienne la hanter. Elle ne pourra jamais oublier cette image. Une vague de frisson la parcourt. Le mal s'est insinué jusque dans la maison de Dieu… Elle fouille dans son sac à la recherche de son téléphone.

Quarante minutes plus tard, sous la pluie battante, Alexandre Coste tente de remonter la rue Paul-Vaillant Couturier à Argenteuil. Il est coincé dans les bouchons. Les essuie-glaces peinent à évacuer les flux de pluie sur le pare-brise. Le métier d'Alexandre, âgé d'une quarantaine d'années, consiste à enquêter sur les cadavres mais les morts ont la fâcheuse tendance d'empiéter sur sa vie personnelle. Ses nuits sont de plus en plus peuplées de fantômes. Le policier de la brigade criminelle aperçoit enfin le clocher de la majestueuse basilique Saint-Denys, dominant la ville d'une cinquantaine de mètres. Il parvient à garer son véhicule à proximité de l'édifice en forme de croix latine.

Alexandre s'approche du triple porche monumental de la basilique et y entre avec une assurance déconcertante. Tout, dans son allure et dans son attitude, indique chez lui le professionnel expérimenté et compétent. Il n'a pas besoin de chercher longtemps : les bandes de Rubalise délimitent déjà une large zone dans la grande nef centrale éclairée de vitraux. La scène lui semble irréelle. Dans la lumière, une silhouette se détache, comme une ombre gothique. Un médecin légiste est en train d'examiner le corps d'un homme nu attaché à une grande croix autour de laquelle des techniciens s'activent. Bonté divine ! On dirait le Christ ! Sauf qu'il a le sexe à l'air ! Sauf qu'il a un étrange tatouage sur le torse. Ce n'est pas un décès banal. C'est sans doute l'une des morts les plus choquantes qu'Alexandre ait affrontée. Qui a pu faire une chose pareille ? Malgré sa longue expérience de flic, c'est la première fois qu'il assiste à une telle mise en scène macabre. On en voit davantage dans les films et les séries télé que dans la vraie vie. Le spectacle est saisissant, ça dépasse l'entendement : un Christ souffrant mais impudique, seul sur sa croix, le visage déformé par la douleur, abandonné de Dieu… L'espace d'un instant, le policier croit que le supplicié va descendre de sa croix. C'est un crime sidérant, dérangeant. Le meurtrier a-t-il le goût du blasphème ou cette mise en scène morbide a-t-elle une signification ? C'est aussi une provocation pour la police. Suite à des actes récents de vandalisme, les autorités ont renforcé la sécurité autour de la basilique, avec une présence policière accrue. Ça n'a pas dissuadé le meurtrier. Alexandre espère que ce crime atroce va avoir une répercussion sur sa carrière et sur son existence. Cette enquête va-t-elle réussir à le sortir de la réalité morose de sa vie et lui injecter un flux d'adrénaline ?

2 . O S T E N S I O N

Alexandre Coste aperçoit une grande jeune femme brune à proximité de la scène de crime. Elle tourne le dos au cadavre et semble mal à l'aise. Vêtue d'un jean, de baskets bleu vif et d'une doudoune noire, elle possède une allure sportive. C'est la parfaite « girl next door » comme diraient les Américains.

— C'est vous qui avez trouvé le corps ? lui demande-t-il.

L'expression sévère d'Alexandre intimide la jeune femme.

— Oui, répond-elle.

— Quel est votre nom ?

— Énimie Chardaire.

— Que faisiez-vous à la basilique ?

— Je travaille ici. J'étais chargée d'ouvrir les portes ce matin.

— Ah bon ? Quel type de travail ? J'imagine que votre travail ne se limite pas à l'ouverture des portes !

— Je suis responsable de la communication de la basilique, déclare Énimie d'un ton sérieux.

— Je ne savais pas qu'il y avait des responsables de la communication dans les églises, remarque le flic avec un ton légèrement ironique. Ça consiste en quoi votre job ?

— Je gère les contenus du site internet de la basilique, je communique sur les réseaux sociaux, j'organise des événements et je rédige des communiqués de presse quand c'est nécessaire.

— Et vous communiquez sur quoi ? demande Alexandre, interloqué.

La religion n'a jamais intéressé le policier qui est athée. Il fréquente rarement les églises ; juste pour les mariages et les enterrements. Il comprend qu'il va devoir faire des efforts pour l'enquête.

— Un gros événement est prévu ici au printemps, dit Énimie. La tunique de Jésus va être exceptionnellement exposée du 18 avril au 11 mai à l'occasion d'une ostension solennelle.

— La tunique du Christ va venir ici ?

— Non, répond Énimie avec un sourire. Elle est déjà ici !

— Il y a une relique de Jésus à Argenteuil ?

— Eh oui… Vous ne le saviez pas ?

— Non, je n'ai jamais entendu parler de ça, répond Alexandre. Et pourtant, j'ai habité dans le coin.

— C'est normal, soupire Énimie. Pendant longtemps, l'Église n'a pas communiqué sur cette relique. La tunique d'Argenteuil a donc un gros déficit de notoriété ! C'est pour y remédier qu'on m'a engagée. Ces neuf dernières années, l'ancien évêque de Pontoise s'est pourtant efforcé de faire connaître cette relique. Le linceul de Turin, lui, est mondialement connu alors que ces deux reliques sont toutes les deux de la même importance. La tunique de Jésus est conservée à Argenteuil depuis plus de 1 200 ans. Elle est même représentée dans le blason de la ville. Elle n'est vraiment montrée et exposée au public que tous les cinquante ans. Et entre deux ostensions, on n'en parle pas.

— C'est quoi une ostension ? demande Alexandre.

— C'est le terme religieux pour « exposition ». En dehors des ostensions, la tunique peut quand même être vénérée tous les jours de l'année dans son reliquaire, pendant les heures d'ouverture de la basilique.

— Et c'est quoi les horaires d'ouverture ?

— De 8 heures à 20 heures.

— Et comment avez-vous trouvé ce poste ? demande Alexandre. C'est assez insolite non ?

— Je viens d'obtenir mon master en communication. L'été dernier, j'ai fait mon stage de fin d'études à la cathédrale Notre-Dame-et-Saint-Privat de Mende, en Lozère, où vivent mes parents. Ma mère qui est très croyante est une bénévole de la paroisse. Comme elle connaît l'évêque, elle lui a proposé ma candidature pour travailler sur l'exposition itinérante consacrée à la tunique d'Argenteuil. Elle se tenait à Mende au mois de septembre pendant trois semaines.

— C'était quoi cette expo itinérante ?

— Elle n'est pas encore terminée, dit Énimie. Son objectif est de mieux faire connaître la tunique d'Argenteuil et d'inciter les paroissiens à venir à l'ostension du printemps 2025. L'exposition circule encore dans les cathédrales et les sanctuaires de France.

— Et on y montre quoi ?

— Il y a douze kakémonos qui présentent la tunique en trois parties : la tunique selon l'histoire, la tunique selon la science et la tunique selon les Évangiles. L'exposition reste dans une ville au moins une dizaine de jours, couvrant ainsi deux week-ends. Elle a commencé le 1er juillet 2024 et se termine le 31 mars.

— Comment vous êtes vous retrouvée à Argenteuil ?

— Monseigneur Bernard qui était l'évêque de Mende a été nommé évêque de Pontoise par le pape au mois de juin. Il a pris ses fonctions dans le Val d'Oise le 28 août. Il devient ainsi le sixième évêque de Pontoise.

— Il n'y a eu que six évêques dans le Val d'Oise ?

— Le département n'a été créé qu'en 1968. Avant, Argenteuil dépendait de Versailles. En tant qu'évêque de Pontoise, il porte le titre de « gardien de la sainte tunique » !

— Vous m'en direz tant ! Et vous, vous avez suivi l'évêque ?

— Tout à fait ! Comme il avait été satisfait de mon travail à Mende et comme il savait que je maîtrisais le sujet, il m'a proposé de promouvoir l'ostension de 2025. Et j'ai accepté. C'est un événement extraordinaire.

— Si vous le dites… La tunique a vraiment besoin d'une promotion comme un paquet de lessive ou un nouveau modèle de voiture ? demande Alexandre avec un ton plus ironique qu'il ne l'aurait souhaité.

— Oui. C'est un événement qui a besoin d'être connu et reconnu. Comme vous, beaucoup de personnes, y compris les catholiques pratiquants, ignorent son existence. Même les paroissiens d'Argenteuil ne l'ont découverte que ces dernières années ! C'est hallucinant quand on pense que tout le monde ou presque a entendu parler du linceul de Turin. Mon travail, c'est de remédier au manque de notoriété dont souffre cette tunique. L'Église n'en parle que depuis 2016, c'est donc tout récent. Cette année-là, il y a eu une ostension exceptionnelle de la tunique. La basilique a accueilli plus de 220 000 pèlerins : un vrai succès ! C'est pour ça que l'évêque a voulu organiser une nouvelle ostension exceptionnelle. Cette année, nous espérons doubler le nombre de visiteurs.

— Vous espérez 500 000 personnes ? demande Alexandre. C'est ambitieux !

— Oui, plutôt entre 400 000 et 500 000. Cette fois-ci, nous misons beaucoup sur la communication, notamment avec l'exposition itinérante et les réseaux sociaux. Et il y a un très gros effort à fournir sur ce dernier point. Nous n'avons que 1 200 followers sur Instagram et 2 800 sur Facebook. Tout est à faire !

— En effet, bon courage ! lance le policier. Elle se trouve où cette tunique ?

— Dans un petit reliquaire qui se trouve dans la chapelle de l'aile droite de la basilique, répond Énimie en pointant du doigt l'emplacement. La tunique est roulée sur elle-même et les visiteurs n'en voient qu'un petit morceau à travers une petite vitre. Mais lors de l'ostension exceptionnelle, on peut la voir déployée dans une grande châsse en bronze doré construite pour elle en 1894.

— Intéressant… C'est la seule tunique de Jésus dans le monde ? Il n'y a pas d'autres églises ou cathédrales qui prétendent avoir une autre tunique du Christ ?

— Si, il y a dix-sept autres tuniques qui prétendent être celle de Jésus. Mais c'est celle d'Argenteuil qui est considérée comme la plus authentique de toutes !

— Pourquoi ?

— C'est grâce aux résultats des différentes études scientifiques qui ont été réalisées. Le problème de la tunique d'Argenteuil, ce n'est pas son authenticité qui n'est pas vraiment discutée.

— Quel est son problème alors ?

— C'est qu'on n'en parle pas. L'évêque a beau se décarcasser, ça ne prend pas. Argenteuil devrait être aussi connu que Lourdes ! Dans le passé, il y a eu de grands pèlerinages et des miracles ici. Même la ville d'Argenteuil ne mentionne pas la tunique sur son site internet. C'est comme une malédiction…

— Que voulez-vous dire ? demande le policier.

— Quand ça veut pas, ça veut pas… Pour ne rien arranger, depuis quelques mois, la basilique est victime d'actes de vandalisme… On dirait que tout est fait pour nous dissuader d'organiser cette ostension !

— Dieu n'est pas avec vous ? demande Alexandre.

Énimie reste silencieuse.

— Je suis au courant pour les dégradations de l'automne dernier, reprend le policier. Mais, cette fois-ci, on va vous demander la plus totale discrétion sur ce qui s'est passé. Il n'est pas question que vous communiquiez sur ce cadavre comme vous l'avez fait sur les actes de vandalisme.

— Pourquoi ?

— Jusqu'à présent, vous aviez eu un pénis dessiné sur un mur et des excréments sur le sol… Là, c'est autre chose ! Si on parle de ce meurtre, on va l'assimiler immédiatement à un attentat dans le contexte actuel. Voulez-vous que les habitants d'Argenteuil paniquent ? Et puis les pèlerins risquent de ne pas venir lors de l'ostension du printemps. En médiatisant ce nouvel acte, on risque d'attiser les querelles religieuses. Je peux compter sur votre discrétion ? Je sais que c'est contraire à votre métier de communicante. Vous pensez certainement qu'une mauvaise communication est préférable à une absence de communication…

— Votre vision sur mon métier est un peu caricaturale et réductrice ! s'indigne Énimie.

— Ce n'est pas ce que je voulais dire… La médiatisation de cette atrocité nous gênerait pour l'enquête et risquerait aussi de compromettre votre ostension. Il n'est pas question que la presse en soit informée.

— Je suis d'accord mais il faut en parler à l'évêque.

— Ça c'est notre affaire, rétorque Alexandre. Maintenant, je vais vous demander de regarder attentivement la victime…

— Pourquoi ? Je n'y tiens pas trop.

— Je l'avais remarqué. Depuis que je suis arrivé, vous lui tournez le dos.

— Je n'ai pas l'habitude de voir des cadavres, réplique Énimie.

— Je comprends mais c'est nécessaire pour l'enquête. Regardez-le et dites-moi si vous l'avez déjà vu.

La jeune femme se retourne à contrecœur et observe le supplicié.

— Je ne le connais pas. S'il est déjà venu à la basilique, je ne me souviens pas de lui.

— Vous ne le reconnaissez pas ?

— Non.

— Vous en êtes certaine ?

— Oui ! répond la jeune femme en détournant le regard. Pourquoi je devrais le reconnaître ?

— Vous étiez à la basilique hier ?

— Oui, toute la journée car j'ai organisé un événement qui avait lieu dans la soirée. Et c'est aussi moi qui ai fermé les portes hier soir.

— À quelle heure était l'événement ?

— De 20 heures à 22 heures. C'était une conférence suivi d'une séance de dédicaces.

— Vous étiez la seule organisatrice ? demande le policier.

— Non, la coordinatrice de l'ostension m'a aidée. Elle a assuré la présentation des intervenants et a pris des photos.

— Quel est son nom ?

— Aliénor Delalonde.

— Et vous, que faisiez-vous hier soir ?

— J'ai assuré toute la logistique : l'accueil des intervenants et des participants, la disposition des sièges, les micros, etc.

— L'entrée était libre ?

— Non, il fallait réserver. J'avais publié une annonce de l'événement sur notre site internet et j'ai ensuite géré les inscriptions.

— Toutes les inscriptions se faisaient sur votre site internet ?

— Tout à fait.

— Vous n'avez pas pris des inscriptions par téléphone ou par un autre moyen ?

— Non, répond Énimie catégoriquement.

— Aliénor Delalonde est ici ?

— Non, elle n'est pas encore arrivée. Nous avons rendez-vous à 10 heures pour débriefer sur la conférence.

— Je crois que vous allez devoir reporter le debriefing à plus tard, suggère Alexandre. Il y avait beaucoup de monde à la conférence ?

— Tout est relatif. L'événement était gratuit mais c'était un jeudi soir. Je ne sais pas si c'était le jour le plus approprié. Sur les 124 personnes inscrites, 93 personnes seulement sont venues.

— Vous avez les noms ?

— Les noms, les prénoms et les adresses e-mails.

— Rien d'autre ?

— Non.

— Vous pouvez me donner la liste ?

— Euh… oui. Je peux vous l'imprimer.

— Il y avait combien de conférenciers ?

— Trois : le recteur de la basilique Jacques-Gabriel Carnot, l'écrivain Henri-Noël Cousin et le généticien Pedro Mascarell Soler. Henri-Noël Cousin disposait ensuite d'une demi-heure pour dédicacer son dernier ouvrage, consacré à la tunique.

— Les conférenciers sont restés ici après l'événement ?

— Non, ils sont rentrés chez eux.

— C'est vous qui avez fermé la basilique ?

— Oui.

— Il y avait quelqu'un d'autre avec vous ?

— Non, j'étais la dernière.

— Quelqu'un aurait-il pu se laisser enfermer à l'intérieur sans que vous vous en aperceviez ?

— Je ne pense pas que ce soit arrivé jusqu'à présent. Je fais toujours un tour rapide de la basilique.

— Vous avez constaté une effraction ?

— Je n'ai pas encore vérifié toutes les ouvertures, répond Énimie.

— Un de mes collègues va le faire avec vous. Quelqu'un aurait pu se cacher dans la basilique sans que vous vous en aperceviez alors ?

— Si une personne veut vraiment se cacher, elle le pourrait. La basilique est grande ; je ne peux pas aller dans tous les recoins. Il faudrait qu'on soit plusieurs.

— Par conséquent, parmi les 93 participants, les intervenants et les organisateurs, quelqu'un aurait pu se laisser enfermer ?

— C'est possible, admet Énimie.

— Le recteur de la basilique n'est pas là ?

— Non, il est en réunion avec l'évêque aujourd'hui.

— Il sera là demain ? demande le policier.

— Oui.

— Je vais vous demander de rester disponible aujourd'hui. J'aurai certainement d'autres questions à vous poser.

— D'accord.

— Apportez-moi la liste des inscrits à la conférence s'il vous plaît.

— Je vous l'imprimerai.

— Je la veux tout de suite ! ordonne le policier.

— Je vais vous la chercher.

Tandis qu'Énimie Chardaire disparaît de son champ de vision, Alexandre Coste se dirige vers la scène de crime.

— Que s'est-il passé ? demande-t-il au légiste.

— D'après ce que je vois, et en attendant l'autopsie qui confirmera ou non, celui qui a fait ça est arrivé par derrière et a frappé cet homme très violemment à l'arrière du crâne. Il a dû perdre connaissance aussitôt.

— Il l'a frappé avec quoi ?

— Nous n'avons pas trouvé l'arme du crime pour l'instant. Il n'y a rien autour. Il va falloir fouiller la basilique.

— Et quelle est l'heure de la mort ?

— La mort remonte à neuf ou dix heures. C'est-à-dire entre 23 heures et minuit.

— Le corps a été déplacé ? demande Alexandre.

— Il y a du sang sur le sol sur quelques mètres. Ça part de la nef. On a dû le traîner jusqu'à la croix immédiatement après sa mort. Ensuite il a été hissé à l'aide de cette chaise. Les lividités cadavériques indiquent qu'il n'a pas été bougé ensuite et qu'il est resté dans la même position.

— Il n'est certainement pas venu dans la basilique tout nu… Vous en pensez quoi ? On a retrouvé ses vêtements, son téléphone, ses papiers ?

— Non, répond le légiste. Rien du tout. Ses affaires ont disparu. On ne connaît pas son identité.

— Il va falloir fouiller la basilique, commente Alexandre. Et ce tatouage sur le torse, il est particulier. Ça devrait permettre de l'identifier rapidement…

— Ce n'est pas un tatouage, fait remarquer le légiste. On lui a dessiné ce symbole après sa mort avec un marqueur noir qu'on a retrouvé au fond des toilettes.

— Le meurtrier lui aurait dessiné ça après l'avoir tué ?

— Oui.

— Qu'est-ce que ça représente ?

— Ça, je ne peux pas vous le dire. Ce n'est pas ma spécialité. Je suis médecin.

— On est dans Da Vinci Code ! s'exclame Alexandre. Il va falloir faire appel à un expert en symbologie !

C'est vrai que le symbole est mystérieux, étrange. Il ne ressemble à rien. On dirait un labyrinthe composé de carrés, de rectangles et de croix avec des angles arrondis. C'est un motif géométrique composé de quatre parties symétriques.

À 9 h 35, une femme d'une cinquantaine d'années, vêtue d'un élégant trench avec cape et chaussée d'escarpins noirs à hauts talons, avance dans la nef. Sa chevelure blond cendré s'entortille dans un chignon sophistiqué. Son allure chic et dynamique contraste avec la tenue décontractée d'Énimie.

— Où est le policier ? demande-t-elle d'une voix éraillée de fumeuse.

— C'est moi que vous cherchez ? demande Alexandre. Je suis de la Brigade criminelle.

— Énimie m'a informée du meurtre. C'est hallucinant cette histoire !

— Vous êtes ?

— Aliénor Delalonde. Je suis la coordinatrice de l'ostension. Le recteur ne peut pas être présent aujourd'hui ; il m'a demandé de le représenter.

— J'ai des questions à vous poser.

— Allez-y, je vous écoute ! lance Aliénor avec assurance.

— Coordinatrice de l'ostension : en quoi consiste votre job ?

— Je suis chargée de toute l'organisation de cet événement qui va durer trois semaines : j'ai élaboré avec l'évêque la programmation et contacté les personnes qui doivent intervenir. Actuellement, je recrute les bénévoles qui contribueront à faire de cet événement un succès.

— Vous travaillez avec Énimie Chardaire ?

— Elle travaille pour moi. Elle est sur un périmètre bien précis : la communication. Moi, je supervise le tout : le programme, les ressources humaines, le budget, la communication, etc.

— Quelle est votre mission ?

— Populariser la tunique d'Argenteuil ! Et par conséquent, faire mieux qu'en 2016 lors de la dernière ostension. 2016 était une année importante car l'évêque, qui est le gardien de la sainte tunique, avait décidé de faire revivre le culte de la tunique. Ça nous a permis de tester sa popularité. La tunique est en théorie déployée tous les cinquante ans. La prochaine exposition au public était prévue pour 2034. Mais pour célébrer les 150 ans de la basilique et le cinquantenaire du diocèse de Pontoise dont dépend Argenteuil, une ostension exceptionnelle avait été fixée 18 ans avant la suivante. C'était aussi l'année de la miséricorde décrétée par le pape.

— Tout s'était bien passé en 2016 ?

— À ma connaissance oui, répond Aliénor. Ce n'est pas moi qui m'en occupait à l'époque. Je ne suis pas certaine qu'il existait alors un poste de coordinateur. D'après ce qu'on m'a raconté, l'ostension de 2016 avait été un véritable défi. La décision avait laissé très peu de temps à la préparation de la relique.

— Quelle préparation ? demande le policier.

— La tunique était dans un état lamentable. Une restauration a été nécessaire.

— Et la restauration a été réalisée ?

— Oui, in extremis. La tunique a été restaurée dans un lieu tenu secret afin de pouvoir être exposée au public. En seulement soixante-douze jours ! Un temps record...

— Qui avait pris la décision ? L'évêque ?

— Pas vraiment. C'est lui qui avait eu l'idée mais il ne pouvait pas prendre la décision tout seul. La ville d'Argenteuil, le diocèse de Pontoise et la direction régionale des affaires culturelles du Val-d'Oise se sont réunis. Le comité a décidé de procéder à la restauration au mois de janvier. La mission a été confiée à l'Institut français de restauration des œuvres d'art qui dépend de l'Institut national du patrimoine. Une restauratrice qui avait longtemps travaillé sur des tuniques pour le musée du Louvre a été chargée de ce travail. Pas seule, heureusement ; elle était aidée par une collègue. La tunique était fixée depuis 1892 sur un tissu de satin de couleur blanche. La première étape a consisté à changer son support. Depuis 2016, la sainte tunique est apposée sur un tissu en étamine de laine brune teinte. C'est un moyen de rendre la tunique, en réalité très foncée, un peu plus unifiée. Le mois suivant a été consacré à la restauration et la consolidation de la tunique. C'était un travail minutieux qui a demandé de la patience et de la rigueur car il s'agissait de rassembler les 22 morceaux qui constituaient le vêtement. La restauration réclamait la plus grande prudence jusqu'à l'ostension car il était très abîmé. Une fois la tunique prête, il a fallu la déposer sur le mannequin qui devait être installé dans un grand reliquaire. La mise en œuvre a été délicate mais cela en valait la peine. Cette ostension a été une réussite : alors que 150 000 pèlerins étaient attendus pour l'occasion, plus de 200 000 ont finalement été accueillis pendant ces deux semaines. Il paraît qu'il fallait faire la queue pendant trois ou quatre heures pour vénérer la tunique de Jésus ! C'était mieux que les 80 000 visiteurs de 1984…

— Tout ce que je vais vous dire doit rester confidentiel, annonce soudain Alexandre. Je veux être certain que vous ne révélerez rien de la teneur de notre conversation.

— Pas de problème, répond Aliénor, intriguée.

— Hier, l'événement devait se terminer à 22 heures, c'est ça ?

— Oui mais je ne suis pas restée jusqu'à la fin. La conférence a eu lieu de 20 heures à 21 heures 30. Je suis partie à ce moment-là. Je ne suis pas restée à la séance de dédicaces qui suivait. Énimie n'avait plus besoin de moi.

— À quelle heure avez-vous quitté la basilique ? demande Alexandre.

— J'ai dû partir à 21 heures 35.

— Vous êtes rentrée directement chez vous après ? En voiture ?

— Oui, c'est ça.

— Vous habitez où ?

— À Saint-Germain-en-Laye.

— Et vous êtes arrivée à Saint-Germain à quelle heure ?

— À plus de 22 heures je crois. Je n'ai pas regardé ma montre.

— Vous avez fait quoi après ?

— J'ai dîné car je n'avais pas eu le temps de manger avant.

— Quelqu'un peut-il le confirmer ?

— Oui, mon compagnon.

— Vous me donnerez ses coordonnées.

— Oui.

— Je vais vous montrer une photo de la victime, dit le policier en sortant son smartphone de sa poche.

— Pourquoi ?

— Je pense que la victime a assisté à la conférence hier. Elle figurait certainement parmi l'auditoire. Vous la reconnaîtrez peut-être.

Aliénor sort une paire de lunettes de son sac à main et fixe attentivement la photo affichée sur le téléphone du policier.

— Vous l'avez déjà vu ? demande-t-il.

— Tout à fait ! répond Aliénor. Il était à la conférence hier soir. Vous avez raison.

— Vous en êtes certaine ?

— Absolument ! J'en suis certaine parce que j'ai pris beaucoup de photos hier soir. Chez moi, avant de me coucher, j'ai regardé toutes les images pour en faire une sélection.

— Et l'homme apparaît sur vos photos ?

— Oui, c'est ça. Sur plusieurs photos. Avant la conférence, il est allé voir Pedro Mascarell Soler. Ils ont discuté cinq bonnes minutes tous les deux. C'est pour ça que j'ai mémorisé son visage. De toute façon, je suis plutôt physionomiste.

— Vous avez toujours les photos sur votre smartphone ? demande le policier.

— Oui. Je les ai toutes. Vous voulez les voir ?

— Bien sûr !

Aliénor sort son téléphone de son sac, ouvre la galerie d'images et commence à les faire défiler devant le policier.

— Le voilà, dit-elle en s'arrêtant sur une photo.

— C'est bien lui, confirme Alexandre. En grande discussion avec Mascarell Soler. Vous ne savez pas de quoi ils parlaient tous les deux ?

— Non, j'étais trop loin pour entendre, répond Aliénor. Probablement de la tunique ; ils étaient tous ici pour ça, non ?

— Vous pouvez me montrer les autres photos ?

La victime apparaît sur les trois photos suivantes, toujours en discussion avec le généticien.

— Vous aviez déjà vu cet homme ? demande Alexandre.

— Non.

— Vous êtes certaine ?

— S'il est déjà venu à la basilique, je ne l'ai jamais remarqué.

— Je souhaiterais récupérer toutes les photos que vous avez prises lors de la conférence, vous pouvez me les envoyer maintenant ?

— Je vais le faire, répond Aliénor.

3. LA CRIM

Dans l'après-midi, Alexandre Coste rejoint sa voiture dont les vitres sont striées de gouttelettes. Il prend la direction des bureaux de la brigade criminelle. Sous un ciel bas et gris, la ville est sinistre. L'averse redouble. Les essuie-glaces peinent à chasser la pluie qui inonde le pare-brise. Ce déluge finit de doucher son enthousiasme du matin. Les mains crispées sur le volant, Alexandre craint que ce meurtre soit l'œuvre du radicalisme religieux.

— Vous avez du nouveau ? demande Didier Duval, son supérieur hiérarchique. Un homme crucifié dans une église, ce n'est pas banal.
— Ce n'est pas n'importe quelle église, remarque Alexandre. Il y a eu une série de dégradations dans la basilique d'Argenteuil de septembre à novembre avant qu'un dispositif policier soit mis en place.

— Dispositif qui n'a pas empêché un meurtre, rétorque Duval.

— Le crime a eu lieu entre 23 heures et minuit. Il n'y a pas de surveillance policière à cette heure tardive autour de la basilique. La ville d'Argenteuil possède un dispositif de vidéoprotection de près de 245 caméras réparties sur son territoire. Les collègues se sont rendus au centre de supervision urbain situé dans la salle de commandement de la Police municipale. Nous comptons beaucoup sur cet outil qui assure la surveillance du territoire communal. Il nous aidera peut-être dans l'élucidation de ce meurtre étrange. Les membre de l'équipe sont en train de visionner tout ce qui a été filmé dans le secteur de la basilique. En revanche, ils n'ont rien trouvé d'intéressant sur les bandes de la caméra placée à l'intérieur du bâtiment.

— Le meurtrier a certainement repéré la caméra et il a agi dans les angles morts.

— C'était facile pour lui car elle est installée dans la chapelle qui abrite la tunique.

— On a des éléments sur la victime ?

— On ignore encore son identité. L'homme était nu. On n'a retrouvé ni ses papiers ni son téléphone. L'homme était brun avec la peau mate, peut-être d'origine étrangère. On sait qu'il était dans le public qui assistait à la conférence dans la basilique hier soir. Il apparaît sur trois photos prises par l'une des organisatrices. Il était en grande discussion avec l'un des intervenants, un généticien.

— Et ses vêtements ?

— Disparus eux aussi…

— Il faudra interroger toutes les personnes qui travaillaient sur cet événement.

— Nous avons commencé. Pour assister à cette conférence, il fallait s'inscrire. J'ai récupéré la liste des 93 participants. Tous les inscrits ne sont pas venus. Notre équipe travaille actuellement dessus. On a les noms, prénoms et adresses mail des personnes.

— Encore faut-il que la victime ait donné son vrai nom…

— Dans la liste, il y a peut-être aussi son meurtrier.

— Peu probable que celui-ci ait donné sa véritable identité ! Vous pensez que la victime et son meurtrier se sont laissés enfermer dans la basilique ?

— Pour la victime, c'est probable.

— Pour faire quoi ?

— Je l'ignore.

— Et le meurtrier se serait aussi laissé enfermer ?

— C'est possible car on n'a pas trouvé de traces d'effraction.

— Ou quelqu'un l'aurait laissé entrer ?

— À ce stade de l'enquête, on ne peut rien exclure, soupire Alexandre. Ce qui pourrait nous mener au meurtrier, c'est l'étrange symbole qu'il a dessiné sur le torse de la victime. Ce motif géométrique doit bien provenir de quelque part ; il ne l'a pas sorti de son imagination. C'est un dessin assez difficile à reproduire. Il devait avoir un modèle.

— Nos équipes sont en train de faire des recherches sur ce symbole. Ils l'ont communiqué à des spécialistes. Ce motif fait penser à un svastika.

— Un svastika, c'est quoi ?

— C'est l'un des plus anciens symboles de l'humanité que l'on retrouve sous plusieurs formes dans la majorité des civilisations du monde, bien qu'il n'ait pas toujours la même signification. Il en existe de multiples graphies. Celle-ci est particulièrement riche et sophistiquée. On ne sait pas trop si elle tourne vers la gauche ou vers la droite. Vous avez vu le recteur de la basilique ?

— Non. On m'a dit qu'il était à l'évêché. J'ai interrogé la responsable de la communication et la coordinatrice de l'ostension 2025. La première m'a communiqué la liste des participants à la conférence et la seconde m'a fourni les photos qu'elle avait prises lors de l'événement. Les portes de la basilique n'ont pas été ouvertes de la journée. La responsable de la communication a demandé aux bénévoles qui se sont présentés de rentrer chez eux. Elle a été très réactive ; elle a immédiatement annoncé sur son site internet et sur les réseaux sociaux que la basilique était fermée aujourd'hui pour des raisons de sécurité, en raison de pierres qui menaçaient de tomber dans la nef.

— Parfait ! Le ministère, en accord avec l'évêché, nous demande de ne pas divulguer ce meurtre. La basilique va rester fermée au moins trois jours, officiellement pour des raisons de sécurité comme vous l'avez mentionné. Rien ne doit filtrer. La presse ne doit rien savoir et doit être tenue à l'écart si elle se manifeste. La responsable de la communication vient de recevoir des consignes très strictes à ce sujet. Après les dégradations de l'automne dernier, nous avions renforcé la protection policière de l'édifice mais uniquement pendant les heures d'ouverture. La présence de la police autour du bâtiment va encore être renforcée, le temps de s'assurer que ce n'est pas un acte terroriste.

Quand Alexandre Coste quitte les locaux de la brigade criminelle, la nuit tombe et l'obscurité gagne les rues. Le policier est conscient qu'il travaille sur une affaire hors norme. Se rappelant que son réfrigérateur est presque vide, il s'arrête devant une boulangerie encore ouverte pour y acheter une quiche lorraine et une bouteille d'eau. Puis il regagne son véhicule et prend la direction de son domicile.

4 . JÉRUSALEM

De retour chez lui, Alexandre fait réchauffer sa quiche et avale rapidement son dîner. Il reste un moment immobile dans l'espoir que les tensions de la journée s'effacent. En vain. Des gouttes de pluie mouillent la fenêtre du salon. Il actionne la fermeture des volets électriques et s'installe devant son ordinateur portable. Désireux d'en savoir plus sur cette mystérieuse relique de Jésus, il tente de retracer son histoire. Ce soir, il ne cesse de pleuvoir. Alexandre entend la pluie qui dévale du toit, s'engouffre dans les gouttières et fouette les volets roulants.

À sa grande satisfaction, les résultats de ses recherches sur internet sont instructives. En avril de l'an 33, lors de la fête juive de la Pâque à Jérusalem, Jésus partagea un dernier repas avec les apôtres, la Cène du Jeudi saint. Il portait une tunique de couleur pourpre brun.

Selon la tradition et la coutume de l'époque, sa tunique avait été cousue par Marie, sa mère. Les Juifs de cette époque portaient sous le manteau, appelé « simba », deux tuniques. La plus légère, le « sadin », était portée à même le corps et avait des manches. Cet habit faisait office de sous-vêtement. En laine de mouton naturelle teinte à la garance, la tunique était de très simple facture. Elle était réalisée sur un métier à tisser rudimentaire et assez large, répandu dans le Proche-Orient. La torsion du fil en Z était très forte – 1 400 tours par mètre de fil, ce qui lui donnait un effet crêpe. Le tissage était régulier et la laine colorée par une plante de la famille des rubiacées. Le vêtement était par ailleurs inconsutile c'est-à-dire sans couture. Il était fabriqué d'une pièce sans assemblage de morceaux de tissus différents. Par-dessus, on portait une seconde tunique, le « chetoneh », plus épaisse et plus longue.

Jésus fut arrêté et condamné à mort par le préfet romain Ponce Pilate à la demande des prêtres juifs. Sa tunique lui fut retirée pour le supplice de la flagellation puis on la lui remit pour porter la croix. À ce moment-là, elle fut tachée par son sang. Après le chemin de croix et avant la crucifixion, les soldats romains enlevèrent de nouveau sa tunique à Jésus. Elle portait des traces de sang provenant à la fois de la flagellation et du port de la croix. Pour ne pas avoir à la partager, les soldats l'ont tirée au sort après avoir déclaré : « ne la déchirons pas ! ». En prenant cette décision, ils accomplissaient, sans le savoir, la prophétie messianique du psaume « ils partagent entre eux mes habits, ils tirent au sort mon vêtement ».

Jésus mourut sur la croix, entouré de deux malfaiteurs. Ses disciples réussirent à récupérer la tunique auprès du soldat romain qui l'avait obtenu.

Les quatre Évangiles, particulièrement celui de Jean, seul témoin oculaire au pied de la croix avec les saintes femmes, en parlent, ce qui tend à prouver qu'elle était bien connue des premiers chrétiens. L'Évangile de saint Jean met en exergue la tunique sans couture qui peut renvoyer à la dignité sacerdotale du Christ ou à l'unité de l'Église.

Selon les Évangiles, Jésus ressuscita trois jours plus tard, apparaissant d'abord à Marie Madeleine puis aux apôtres.

Alexandre interrompt sa lecture pour regarder son smartphone sur la table de chevet : une heure du matin déjà. Il entend toujours la pluie tomber dehors. Ce n'est pas encore aujourd'hui qu'il saura comment la tunique a atterri à Argenteuil. Il éteint la lumière, se retourne dans son lit et attend que le sommeil vienne. Une nuit peuplée de fantômes l'attend…

5. LE RECTEUR

À sept heures du matin, la sonnerie de son smartphone arrache Alexandre d'un sommeil profond. Il éprouve un bref instant de sérénité mais la réalité le rattrape immédiatement. Une terrible vague de chagrin déferle sur lui. Cela fait trois semaines que Marion est morte. Et trois semaines qu'Alexandre manque de sommeil. La solitude lui est insupportable. Il ne lui reste plus que la culpabilité. Il ne cesse de revivre ce matin-là quand Marion et lui étaient en train de prendre tranquillement leur petit déjeuner dans la cuisine. Elle lui avait annoncé qu'elle allait au bureau en vélo car il y avait une grève des transports. Il la revoit prendre son petit sac à dos, enfiler un gilet jaune et mettre son casque. Elle l'avait embrassé avant de disparaître dans l'ascenseur. Lui, il était resté là, immobile, comme un con, en train de terminer tranquillement sa tasse de café. Il n'avait même pas pensé à lui proposer de la déposer à son travail en voiture. Pourtant, il n'avait qu'un petit détour à faire qui ne l'aurait guère retardé. Deux heures plus tard, son smartphone avait sonné et la terrible nouvelle était tombée : Marion, sur son vélo, avait été renversée par un SUV. Au volant, il y avait un chauffard qui roulait trop vite et qui avait pris la fuite. Sa compagne avait succombé à ses blessures peu de temps après son arrivée à l'hôpital.

Alexandre ouvre une fenêtre pour aérer son appartement situé au sixième étage d'un immeuble en briques des années 1930. Côté météo, le constat est rapide : un ciel bas et une pluie drue. Le tumulte habituel de la ville lui parvient : le grondement continu des voitures et des bus, le roulement d'un train, les sirènes lointaines…

Après une douche rapide et un copieux petit déjeuner, le policier descend au parking souterrain et monte dans sa voiture. Il prend la direction d'Argenteuil. Le trafic est déjà dense. Le ciel est sombre, saturé de nuages. Des trombes d'eau mouillent le pare-brise.

Devant la porte de la basilique fermée, un ecclésiastique l'attend sous un grand parapluie noir d'un autre âge. Alexandre lui donne une bonne soixantaine d'années avec ses cheveux grisonnants et ses traits boursouflés. Les yeux bleus globuleux du recteur le dévisagent.

— Je suis le père Jacques-Gabriel Carnot, se présente-t-il. Énimie m'a raconté ce qui s'est passé hier. La basilique doit rester fermée au moins aujourd'hui et demain.

— Il va surtout falloir rester discrets, déclare Alexandre. Le ministère ne souhaite pas que ce meurtre soit divulgué à la presse. Toute médiatisation serait nuisible à l'enquête et à la préparation de votre événement.

— Je suis d'accord et l'évêque est de cet avis aussi. L'annonce d'un meurtre ferait fuir les pèlerins et nous aurions la visite incessante de journalistes et de tas de curieux. Ce crime tombe au mauvais moment car nous sommes en train de recruter des volontaires.

— Des volontaires pour quoi faire ? demande Alexandre.

— Des volontaires pour nous aider à préparer l'ostension 2025. Cet événement doit attirer entre 400 000 et 500 000 pèlerins entre le 18 avril et 11 mai pour vénérer la relique du Christ. Ça demande un travail considérable. Nous recherchons actuellement 800 volontaires pour des prestations allant de deux heures à une semaine en fonction de leurs disponibilités.

— Que vont faire ces volontaires exactement ?

— Nos besoins sont très divers, répond le recteur de la basilique. Cela va du standard téléphonique au ménage. Il y a aussi le secrétariat, l'accueil du public, la conduite et l'encadrement des visites, la vente de souvenirs, la gestion des bougies, la cuisine… Et j'en oublie certainement. Il y a beaucoup de choses à faire lors d'un événement aussi exceptionnel !

— Vous avez participé à la conférence hier soir ? demande le policier.

— C'est exact. J'étais surtout là pour animer les échanges entre l'écrivain Henri-Noël Cousin et le généticien Pedro Mascarell Soler. C'est Énimie

Chardaire que vous avez rencontrée hier qui organisait cet événement.

— Il devait se terminer à 22 heures, c'est ça ?

— Oui. La conférence a eu lieu de 20 heures à 21 heures 30. Elle était suivie d'une séance de dédicace du livre d'Henri-Noël Cousin. Je ne pouvais pas rester jusqu'au bout.

— À quelle heure avez-vous quitté la basilique ? demande le policier.

— Je suis parti juste après la conférence. Énimie est restée avec Henri-Noël Cousin et la libraire pour la séance de dédicaces.

— Vous êtes rentré directement chez vous après ?

— Oui.

— Vous habitez loin d'ici ?

— Non, j'habite au Centre pastoral, juste à côté. Je suis rentré à pied.

— Vous avez fait quoi après ? demande le policier.

— Je devais préparer ma réunion avec Monseigneur Bernard le lendemain.

— Quelqu'un peut-il le confirmer ?

— Non, répond Jacques-Gabriel Carnot.

— Nous avons des photos de la victime, annonce Alexandre. Il était présent à la conférence.

— Ah bon ? Je ne savais pas…

— Vous le reconnaissez ? demande Alexandre en lui montrant une photo qui a été recadrée afin de ne laisser que le visage de la victime sur le cliché.

— Non, je ne l'ai pas remarqué, répond le recteur. Vous savez, il y avait plus de 90 participants hier soir.

— Et sur cette autre photo ? demande le policier.

— C'est le même homme qui parle avec Pedro Mascarell Soler. Je vais vous faire la même réponse : je n'ai jamais vu cet homme. Il faudrait que vous demandiez au professeur Mascarell Soler. Il l'avait peut-être déjà rencontré.Vous savez, les gens qui sont venus hier soir ne sont pas venus pour moi : ils étaient là pour mes invités ! Pedro Mascarell Soler est un généticien renommé. Ça fait vingt ans qu'il étudie la tunique d'Argenteuil. Il a écrit de nombreux articles scientifiques sur le sujet. Il est suivi par beaucoup de monde sur les réseaux sociaux. Henri-Noël Cousin a de nombreux lecteurs. Son livre sur la tunique d'Argenteuil doit être son onzième ouvrage. Sa réputation n'est plus à faire ; c'est un expert en histoire et en théologie.

— Et ce symbole, ça vous dit quelque chose, demande le policier en montrant à son interlocuteur une photo du dessin mystérieux sur le torse de la victime.

— Non. C'est un tatouage ? demande l'ecclésiastique.

— Non. Apparemment, c'est le meurtrier qui lui a dessiné ça sur le corps. Vous êtes sûr que ce n'est pas un symbole religieux ?

— Je ne connais pas ce symbole mais ça me fait penser à la symbolique dans l'art roman. On dirait des croix géométriques. Le carré symbolise le terrestre, le sol qui est maudit et l'opposé du ciel. Des cercles et des carrés imbriqués symbolisent l'incarnation. Mais je n'ai jamais vu un motif pareil !

— Elle ressemble à quoi cette tunique d'Argenteuil ? demande Alexandre.

— Vous ne l'avez pas vue ?

— Non.

— C'est un vêtement tissé en laine de mouton, d'une seule pièce. Elle mesure 122 centimètres en longueur. Elle fait 90 centimètres de large sous les bras et 130 sous la poitrine. Sa couleur est brun pourpre. Elle est très abîmée. En plus, elle a été mutilée par de nombreux prélèvements effectués au cours des siècles.

— Vous croyez que cette tunique est vraiment celle que portait Jésus ? demande le policier.

— Absolument ! Il existe de nombreux éléments qui plaident en faveur de son authenticité.

— Lesquels ?

— Cette tunique a été tissée avec une teinture et un maillage identifiés en Syrie et au nord de la Palestine au premier siècle, explique Jacques-Gabriel Carnot. Elle a des taches roussâtres sur le dos et les épaules. C'est du sang du groupe AB comme celui des deux autres reliques de Jésus, le linceul de Turin en Italie et le suaire d'Oviedo en Espagne. Ce groupe sanguin est rare : seulement 3 à 4 % de la population mondiale en sont porteurs mais il y a une forte concentration en Judée et en Galilée. C'est aussi ce groupe sanguin qu'on retrouve lors des miracles eucharistiques. En plus, les scientifiques ont identifié sur la tunique une dizaine de pollens. Parmi eux, il y en a sept qui sont communs aux trois reliques du Christ et ils proviennent de Galilée. L'authenticité est donc incontestable. Avant sa mort, Jésus a été flagellé. La sainte tunique a donc été imbibée de son sang. On a aussi retrouvé sur le vêtement des morceaux de pierre typiques de la région comme l'argonite. Ces preuves laissent peu de place au doute.

— Elle se trouve où cette tunique dans la basilique ?

— Venez avec moi !

Alexandre suit Jacques-Gabriel Carnot jusqu'au fond d'une chapelle située à droite du chœur. Le recteur disparaît derrière un reliquaire. Alexandre découvre un discret passage orné de fresques colorées représentant la crucifixion de Jésus et la récupération de sa tunique par des soldats romains.

— Nous sommes sous la tunique ! s'exclame Carnot. Ici, il y a dix ans, c'était un placard à balais. Ce couloir permet de passer sous le reliquaire de la sainte tunique. Aujourd'hui, on invite les pèlerins à s'y recueillir. Quand j'ai été nommé recteur, cette chapelle qui abrite la tunique était fermée avec un petit cadenas. Elle n'était même pas éclairée. C'était hallucinant. La plupart des paroissiens ne savaient pas qu'on avait une précieuse relique de Jésus. Alors que tout le monde connaît l'existence du linceul de Turin qui est de la même importance ! Là, on ne voit pas grand-chose de la tunique car elle est roulée sur elle-même.

En effet, Alexandre ne peut apercevoir qu'un petit morceau brun dans le reliquaire.

— Les pèlerins ne verront que ça ? demande-t-il.

— Non ! s'offusque le père Jacques-Gabriel Carnot. Lors de l'ostension, elle est déployée et montrée en entier.

— Il y a souvent des ostensions ? demande Alexandre.

— Non. Normalement, on ne montre la tunique que deux fois par siècle, les années 34 et 84.

— Alors pourquoi l'ostension se tient cette année ?

— L'ostension a lieu dans le cadre du Jubilé mondial « Pèlerins d'espérance » annoncé par le pape François pour 2025 à Rome. Cette année est importante pour les catholiques car nous célébrons le 1 700e anniversaire du Concile de Nicée.

— Le Concile de Nicée, qu'est-ce que c'est ?

— Un concile est une assemblée d'évêques réunis pour délibérer et statuer sur des questions dogmatiques et d'organisation ecclésiastique. Le concile de Nicée, convoqué en 325 par l'empereur Constantin, a été le premier concile œcuménique de l'Église. Parmi les décisions importantes qui y ont été prises figurent l'affirmation de la divinité pleine et entière de Jésus et une déclaration fondamentale de la foi chrétienne.

Ces sujets dépassent Alexandre qui préfère revenir à des choses plus concrètes.

— Vous n'avez pas peur que la tunique soit volée ? demande le policier.

— Si, évidemment. Nous sommes partagés entre le souhait d'exposer et de faire connaître au plus grand nombre cette sainte relique et la crainte qu'elle soit dérobée. Cela s'est déjà produit en 1983, juste avant une ostension. Le 13 décembre 1983, la tunique a été volée puis elle a été restituée le 2 février 1984 au curé de l'époque qui n'a jamais révélé l'identité du voleur. Elle a disparu pendant un mois et demi. On ne sait pas où elle a été stockée ni ce qu'elle a subi. Je serais dévasté si cela se produisait cette année ! Avec l'ostension de ce printemps, nous craignons en effet le vol. Ça fait 1 200 ans que la relique se trouve ici. Et ça fait autant de temps que des personnes l'ont protégée des pillards et des vandales. Et parfois, elle était si bien cachée qu'on l'a oubliée. Pour les catholiques, la tunique est le symbole de l'unité. L'Évangile de saint Jean évoque une tunique sans couture, ce qui

1950. Vous pensez que ce meurtre pourrait être lié à ces actes de vandalisme ?

— J'espère que l'enquête pourra le déterminer… La presse avait été informée de ces actes ?

— Oui. Monseigneur Bernard avait fait publier un communiqué.

— Vous avez le texte ? demande Alexandre.

— Oui. Vous le voulez ?

— Je souhaiterais en prendre connaissance.

Le père Carnot disparaît dans un recoin de la basilique et revient quelques minutes plus tard avec un papier qu'il tend au policier.

Alexandre lit le texte : « Ces derniers jours, à la basilique Saint-Denys d'Argenteuil, une nouvelle fois, des actes de vandalisme ont été perpétrés. Ils provoquent l'indignation de tous et nous plongent dans la tristesse, d'autant plus qu'ils blessent aussi la bonne entente qui règne habituellement entre tous les habitants du quartier. Par la loi, notre pays garantit le respect des cultes, des religions et des croyances. La liberté religieuse est aussi notre bien commun. Je fais confiance à la justice pour mener l'enquête sur les auteurs et les circonstances de ces agissements antichrétiens. Au-delà de l'émotion que suscitent ces actes, je reste confiant sur les conditions du bon déroulement de l'ostension de la Sainte Tunique qui aura lieu du 18 avril au 11 mai 2025. Dans un regard de foi, nous voyons dans cette précieuse relique de la Passion, le signe de l'amour du Christ pour chacun et de l'unité qu'il veut entre nous. »

— C'était la première fois qu'il y avait des actes de vandalisme ? demande le policier.

— Non. Cela fait plusieurs années que des dégradations sont perpétrées dans les églises du pays, sans parler des vols d'œuvres d'art appartenant au patrimoine religieux. Il y a plusieurs types de dégradations : d'une part, il y a celles dues aux déséquilibrés ou aux personnes droguées et, d'autre part, des actes anti-chrétiens sont de plus en plus fréquents. La basilique d'Argenteuil ne fait pas exception. Cependant, la série que nous avons connue l'automne dernier est inédite. Et puis, maintenant, on a ce meurtre odieux ! On ne peut guère aller plus loin dans l'horreur. Les incivilités et les dégradations doivent être sanctionnées. Cela pose la question aussi de l'accueil dans les églises et de leur ouverture. Le quartier n'est pas toujours très sûr. Nous sommes dans une grande ville. Avec les forces de l'ordre et le commissaire divisionnaire, nous avons longuement discuté. J'ai pris l'engagement de faire remonter au commissariat tout acte hostile de manière à ce que la police puisse être renseignée. Je n'ai jamais entendu dire par un de mes paroissiens qu'il avait peur de venir ici. Bien au contraire. Nous attendons plus de 400 000 personnes pour la prochaine grande ostension. L'événement doit conclure par une messe présidée par l'archevêque de Paris. Et puis, l'ostension 2025 s'inscrit dans le plan « grand événement » qui prévoit un dispositif approprié de sécurité pour toutes les parties prenantes. Il permet d'envisager sereinement la venue de plusieurs centaines de milliers de personnes au cœur d'Argenteuil.

— Vous disposez de combien de caméras de vidéosurveillance ?

— On n'en a qu'une. Elle est installée tout près de la chapelle de la tunique.

— Des collègues ont déjà visionné les bandes et n'ont vu personne à l'heure du crime.

— C'est étonnant !

— Pas tant que ça. La caméra est dirigée uniquement sur le reliquaire de la tunique. Elle ne filme pas la nef. On ignore toujours par où est passé le meurtrier.

6. CONSTANTINOPLE

Le soir sombre lentement dans la nuit. Après avoir dîné, Alexandre poursuit ses recherches sur internet. L'histoire de la tunique l'intrigue au plus haut point. Pourquoi n'en a-t-il jamais entendu parler ? C'est vrai qu'il ne s'est jamais intéressé à la religion. Il n'a pas suivi de cours de catéchisme non plus. Son ignorance en la matière est grande. Comment cette relique de Jérusalem est-elle parvenue jusqu'à Argenteuil ? Et pourquoi à Argenteuil plutôt qu'à Paris ? L'inspecteur découvre rapidement que le vêtement a fait escale à Constantinople [aujourd'hui Istanbul en Turquie].

L'Évangile apocryphe aux hébreux affirme que saint Pierre récupéra la tunique de Jésus après la résurrection de ce dernier. Il la racheta probablement au soldat romain qui l'avait tirée au sort. Il l'aurait ensuite emmenée à Joppé [aujourd'hui Jaffa en Israël] où il résida selon les Actes des apôtres. Les premiers siècles de l'histoire de la tunique restent en partie inconnus.

Entre 326 et 328, selon la tradition, l'impératrice romaine Hélène, mère de l'empereur Constantin Ier, se rend en Terre sainte et découvre à Jérusalem les reliques de la Passion du Christ [ensemble des événements qui ont précédé et accompagné la mort de Jésus]. La tunique fut transportée puis conservée à Constantinople jusqu'au VIIIe siècle. En 590, Grégoire de Tours, évêque de Tours, mentionna : « Je ne saurais passer sous silence ce que j'ai appris de personnes ayant touché la tunique. » Celle-ci aurait été alors conservée à Galatha dans un coffre de bois niché dans une basilique. S'agit-il de Galata, l'ancien nom d'un quartier d'Istanbul, ou de la Galatie en Anatolie, tous deux dans la Turquie actuelle ? À cause des invasions perses, les reliques situées en Terre sainte étaient transportées à Constantinople. Grégoire de Tours rapporta plus tard que la tunique fut placée à Constantinople dans la basilique des Saints-Anges vers 593. La tunique représentait pour l'Église un précieux témoignage de la Passion du Christ.

Le 25 décembre de l'an 800, Charlemagne fut couronné empereur d'Occident. L'Empire byzantin refusait de reconnaître le couronnement impérial de Charlemagne, le considérant comme un usurpateur. Le nouvel empereur et ses conseillers objectèrent que l'Empire romain d'Orient était alors dirigé par une femme, l'impératrice Irène (752-803). Par conséquent, le titre d'empereur était considéré comme vacant. C'était notamment l'avis d'Alcuin, le principal conseiller de Charlemagne, pour qui le titre impérial ne pouvait être assumé que par un homme.

Afin d'éviter un affrontement, Irène de Byzance, impératrice d'Orient, rechercha la paix avec les Francs mais le couronnement de Charlemagne comme « empereur des Romains » était perçu par l'opinion publique romaine d'Orient comme une rébellion. De son côté, Charlemagne se considérait désormais comme l'égal des basileis [empereurs byzantins]. Si les Byzantins refusaient de reconnaître son titre impérial, il était prêt à le leur faire accepter par la force. La menace d'une guerre était réelle. Selon le chroniqueur byzantin Théophane le Confesseur, Charlemagne aurait alors envisagé de conclure un mariage avec l'impératrice Irène. Ils étaient veufs tous les deux. Dans cette optique, il envoya des ambassadeurs à Constantinople en 801. Irène, de son côté, n'était pas opposée à l'idée d'un mariage et envoya en retour une ambassade à Aix-la-Chapelle à l'automne 801 afin de valider les contours du projet matrimonial. Il s'agissait de réunifier l'Empire romain. Chacun des empereurs serait resté dans sa capitale et l'Empire romain aurait eu deux dirigeants comme cela s'était déjà produit. Charlemagne reçut alors la sainte tunique des mains d'Irène. Sans couture, elle était le symbole de l'unité de l'Église et des Églises d'Orient et d'Occident. Néanmoins, l'aristocratie grecque, hostile à Irène, voyait dans ce projet un acte sacrilège et organisa, en octobre 802, un coup d'État qui renversa l'impératrice. Quand les envoyés de Charlemagne suivirent les légats byzantins à Constantinople, ils arrivèrent trop tard : Irène venait d'être renversée.

Selon Hugues III d'Amiens, évêque de Rouen au XIIe siècle, Charlemagne offrit la tunique de Jésus à l'abbaye Notre-Dame d'Humilité à Argenteuil, un monastère de bénédictines situé près de Paris. La sainte tunique y serait arrivée le 12 août 800 à 13 heures. Théodrade, fille et douzième enfant de Charlemagne, alors âgée d'une quinzaine d'années, y vivait. Cette abbaye avait pour fonction d'accueillir les filles des familles princières. Celles-ci n'adoptaient pas forcément la vie monastique.

Alexandre sait maintenant comment la tunique de Jésus a atterri à Argenteuil. Il commence à somnoler devant l'écran de son ordinateur et décide d'aller se coucher.

7. LE GÉNÉTICIEN

La sonnerie d'un smartphone retentit dans la pénombre. Alexandre se réveille en sursaut avec la bouche sèche et des élancements dans le crâne. Il se retourne dans le lit à la recherche de Marion pour se blottir contre elle mais il ne trouve que des draps froids. La chaleur de son corps contre le sien lui manque. La tristesse et la culpabilité le rongent de nouveau. Tout ce qu'il veut, c'est rester couché et dormir. Il est épuisé. Chaque soir, il peine à s'endormir. Il refuse d'avoir recours à des somnifères. Peur de devenir accro. Il cogite : que signifie « faire son deuil » ? Le deuil n'est pas quelque chose de naturel. On ressent ce qu'on ressent. Le deuil, c'est compliqué et ça semble différent pour chacun.

Alexandre se souvient qu'il a rendez-vous avec le professeur Pedro Mascarell Soler, un généticien montpelliérain en marge de la communauté scientifique qui étudie la tunique d'Argenteuil depuis près de vingt ans. Il se lève à regret et se précipite dans la salle d'eau. Une demi-heure plus tard, il est au volant de sa voiture, les doigts crispés, suivant les instructions du GPS qui le mène à Paris, dans le quartier de la gare de Lyon.

Pedro Mascarell Soler l'attend au bar de son hôtel 4 étoiles. C'est un homme grand et mince qui approche la cinquantaine. Il a des cheveux tout blancs, des yeux bleus et une mâchoire bien carrée. Le policier s'est renseigné sur lui. Le généticien est originaire de Barcelone et il est venu en France pour y faire des études de sciences et de biologie. Il dirige aujourd'hui un laboratoire privé à proximité de la ville de Montpellier. Il aligne pas moins d'une centaine d'articles scientifiques où l'on trouve pêle-mêle des publications sur la résurrection du mammouth et du dodo, l'origine génétique des Basques ou encore la vraie nature de la bête du Gévaudan...

— Alors, comme ça, vous êtes généticien ? demande Alexandre alors que le barman leur apporte deux cafés.
— Je dirais plutôt expert en manipulations ! s'exclame Pedro. J'étudie chez les organismes vivants leur génome codé dans leur ADN. Je procède à des manipulations sur des gènes d'animaux afin de comprendre leur rôle et d'améliorer les espèces pour les rendre plus résistantes aux maladies ou à d'autres facteurs. Mes recherches peuvent aboutir à de la reproduction sélective ou à de la modification génétique. Je publie ensuite le résultat de mes travaux dans des revues scientifiques et je participe à des conférences et des colloques.

Ce que Pedro se garde bien de dévoiler, pour ne pas se retrouver en prison, c'est qu'il a réussi, il y a quelques années, la prouesse technique consistant à recréer la fameuse bête du Gévaudan à partir de son ADN [voir « Meurtres en Aubrac » du même auteur].

— Vous travaillez pour qui ? demande le policier.

— Je suis à la tête d'un laboratoire privé que j'ai fondé avec deux autres chercheurs.

— Et vous travaillez sur quels projets ?

— Je travaille sur un projet stupéfiant depuis quelques années et il est sur le point d'aboutir. Je souhaite ressusciter les espèces disparues comme les mammouths.

— Et vous ne vous intéressez pas au clonage humain ?

— Non, répond Pedro. Pour moi, « génétique » rime avec « éthique ».

— Alors, pourquoi vous vous intéressez tant à la tunique d'Argenteuil ? demande Alexandre.

— Par curiosité. Je suis curieux comme tous les scientifiques. Et je suis catholique pratiquant. Dès 1892, des analyses avaient été réalisées sur une partie du dos de la tunique d'Argenteuil où les tâches rougeâtres discrètes étaient encore visibles. On a découvert alors qu'il s'agissait de sang humain. Plus tard, deux investigations différentes ont été réalisées pour déterminer de quel groupe sanguin il s'agissait. La première, dans les années 1980, a identifié un sang de type AB. La deuxième, que j'ai réalisée moi-même dans les années 2000, a démontré par un test génétique que les globules rouges appartenaient bien à la même personne. Ces globules ne contiennent pas d'ADN mais les globules blancs en contiennent et, si cet ADN est identique dans chacun des cas, alors ils appartiennent bien à la même personne. J'ai retrouvé des traces d'ADN sur le vêtement, ce qui conforte son origine. J'ai découvert que celui qui a porté la tunique était originaire du Moyen-Orient. Son ADN est celui d'un homme qui appartenait à la lignée des rois. J'ai publié plusieurs articles et livres sur cette relique sacrée. Tous ceux qui tiennent la tunique d'Argenteuil pour authentique me suivent et me soutiennent.

— Tout ce que je vais vous dire à partir de maintenant doit rester confidentiel, le coupe Alexandre. Je veux être certain que vous ne révélerez rien de la teneur de notre conversation.

— Vous pouvez compter sur moi, répond le chercheur. Je vous écoute.

— Vous avez participé à une conférence à la basilique d'Argenteuil lors d'une soirée.

— C'est exact. J'y étais invité par le recteur Jacques-Gabriel Carnot avec l'écrivain Henri-Noël Cousin.

— L'événement devait se terminer à 22 heures, c'est ça ? demande le policier.

— Oui. La conférence a eu lieu de 20 heures à 21 heures 30. Elle était suivie d'une séance de dédicace à laquelle je n'ai pas assisté.

— À quelle heure avez-vous quitté la basilique alors ?

— J'ai dû partir un quart d'heure après la fin de la conférence, le temps de saluer les organisateurs. Disons 21 heures 45.

— Vous êtes rentré directement à l'hôtel après ?

— Oui.

— Comment ?

— En taxi.

— Vous avez fait quoi après ?

— Je suis allé me coucher.

— Quelqu'un peut-il le confirmer ?

— Je suis passé à la réception de l'hôtel mais je ne pense pas que l'employé qui était présent ce soir-là puisse s'en souvenir. Ça change tous les jours et il y a beaucoup de passage. Mais ils ont peut-être des caméras de vidéosurveillance.

— J'irai leur demander, rétorque Alexandre. J'ai examiné toutes les photos qui ont été prises lors de la conférence. Un homme de l'assistance est venu vous parler au tout début.

— Avant le début de la conférence ? demande le généticien.

— Oui.

— Je ne me souviens pas…

— Je vais vous rafraîchir la mémoire, dit Alexandre en lui montrant son smartphone sur lequel est affichée une photo. Vous êtes en grande conversation apparemment…

— Ah oui ! s'exclame Mascarell Soler. Cet homme est venu me voir car il voulait me révéler quelque chose sans que quelqu'un puisse nous entendre.

— Vous révéler quoi ?

— Il m'a révélé qu'il était Jésus ! Il tenait absolument à me le dire.

— Jésus ! Comment ça ?

— Il prétendait être Jésus, répond Mascarell Soler. Cela dit, il connaissait parfaitement la vie du Christ. Et comme si c'était une preuve, il m'a précisé qu'il était du groupe sanguin AB.

— Il vous a dit son nom ? demande le policier.

— Oui mais je ne l'ai pas retenu. C'était un Franco-Libanais, probablement un chrétien d'Orient.

— Il vous l'a dit ? demande le policier.

— Tout à fait.

— Et comment aurait-il pu être Jésus ? Et pourquoi il tenait absolument à vous le dire ?

— De toute évidence, c'était un illuminé. Il pensait qu'il était un clone de Jésus et que c'était peut-être moi qui l'avait cloné il y a vingt-cinq ans. Le problème, c'est que je n'ai commencé à étudier la tunique qu'il y a vingt ans. Il n'a rien voulu entendre ; il m'a demandé combien j'avais fabriqué de clones de Jésus à partir du sang prélevé sur la tunique.

— Qu'est-ce qui lui faisait penser qu'il était un clone du Christ ? demande Alexandre.

— Il était en quête de ses origines. Il m'a dit qu'il était orphelin, qu'il n'avait pas connu ses parents. Jésus l'avait toujours guidé. J'ai dû mettre fin à notre conversation car la conférence allait commencer.

— Il n'est pas venu vous voir après ?

— Non. Et il n'a pas posé de questions à la fin. Je ne l'ai pas revu. Pourquoi ça intéresse la police ?

— Cet homme a été retrouvé mort le lendemain matin dans la basilique d'Argenteuil. C'est Énimie Chardaire, la responsable de la communication, qui l'a découvert.

— Que lui est-il arrivé ?

— Il a été assassiné. Crucifié.

— Crucifié ? s'exclame Mascarell Soler. C'est horrible ! Qui a pu faire ça ?

— C'est ce que nous cherchons à savoir. Parmi vos admirateurs, il y a des membres des milieux de l'intégrisme catholique ?

— Je l'ignore.

— Comment pouvez-vous l'ignorer ? demande Alexandre. Vous n'avez pas des contacts avec eux lors de vos conférences ? Et sur les réseaux sociaux ?

— J'ai peu de contacts sur les réseaux sociaux. Ça me prendrait trop de temps de répondre aux questions. Et, lors des conférences, les gens ne me disent pas à quel groupe ils appartiennent. Ils viennent me poser des questions sur mes recherches. C'est tout !

— Vous avez eu accès à la relique ?

— Il y a vingt ans, j'ai réussi à convaincre le prêtre qui veillait sur l'étoffe à la basilique puis le ministère de la Culture d'obtenir un échantillon de laine. Je l'ai étudié sous mon microscope électronique. Il y avait des micro-gouttes de sang partout : des millions de globules rouges ! Des cellules sanguines avaient réussi à être conservées dans la laine de la tunique. Cinq globules rouges étaient accrochés à la surface d'une fibre. J'ai trouvé aussi deux hématies, ces cellules qui renferment l'hémoglobine et qui sont responsables du transport de l'oxygène dans le sang. Une hématie était vidée de son hémoglobine et l'autre était déformée, comme si elles avaient subi un traumatisme extrême. Ça peut signifier que le porteur de la tunique a subi une grande souffrance physique ou un stress intense. Sur la tunique, les traces de sang sont concentrées sur les deux épaules comme si elles avaient été provoquées par le transport d'un poids très lourd qui aurait arraché la peau. J'ai immédiatement pensé à la Croix. J'ai réussi à extraire cinq microgrammes d'ADN sur ce bout de tunique. Un véritable trésor : j'ai trouvé l'ADN du Christ !

— Vous l'avez analysé ? demande Alexandre.

— Bien sûr !

— Et qu'avez-vous découvert ?

— Mon analyse des taches de sang indique un groupe sanguin AB, comme cela avait déjà été identifié en 1986. C'est un groupe assez rare : ce groupe appartient à moins de 5 % de la population mondiale. Il a aussi été identifié sur le linceul de Turin et le suaire d'Oviedo. En analysant les traces ADN, j'ai réussi à dresser le portrait de l'individu qui portait la tunique. Je suis en mesure d'affirmer que le sang est celui d'un individu de sexe masculin à cause de la présence du chromosome Y. Il avait la formule chromosomique XY, comme tout homme conçu par rapport sexuel. L'étude approfondie des gènes permet d'établir qu'il avait la peau blanche, des yeux de couleur marron ou noire et probablement une chevelure brune. Cet homme devait mesurer 1,80 mètre et peser environ 78 kilos.

— C'est fou ce que l'ADN peut fournir comme informations ! lance Alexandre, un brin ironique.

Pedro feint d'ignorer la remarque et boit une nouvelle gorgée de café. Il repose la tasse sur la table et regarde le policier en face.

— Je peux même affirmer que Jésus était opiomane et qu'il avait des morpions mais ça je me suis bien gardé de le publier !

Vérité ou provocation du généticien ? Alexandre refuse de tomber dans le panneau.

— Donc, pour vous, cela suffit à prouver que c'est la tunique du Christ ? demande le policier.

— Ce n'est pas tout : l'emplacement des taches de sang sur la tunique recouvre exactement l'emplacement des marques du port de la croix et de la flagellation présentes sur le linceul de Turin. On note un grand nombre de traces sur le dos et peu sur la face antérieure. Des enquêtes scientifiques effectuées en 1986 et répétées en 1993 révèlent la présence du même groupe sanguin AB sur les trois grandes reliques textiles de la Passion : la tunique d'Argenteuil, le linceul de Turin et le suaire d'Oviedo.

— C'est quoi le suaire d'Oviedo ?

— C'est le linge qui entourait la tête de Jésus dans sa sépulture. La probabilité d'observer ce groupe sanguin AB sur les trois reliques s'établit à une chance sur 8 000 ! Vous vous rendez compte ?

— Euh… pas vraiment, avoue Alexandre.

— Cette donnée contribue à valider l'authenticité des reliques ! Le groupe AB était pratiquement inexistant dans la population de l'Europe médiévale. En revanche, il a toujours été très répandu au Proche-Orient. On le trouve notamment en très forte concentration en Judée et en Galilée. Cela élimine la thèse selon laquelle les reliques auraient été fabriquées en Europe au Moyen-Âge !

Alexandre est stupéfait : Pedro Mascarell Soler ne doute de rien. Le scientifique a fini par se persuader que son morceau de laine issu de ce vieux tissu rapiécé qui n'est montré au public que tous les cinquante ans appartient bien à la tunique de Jésus !

— Les études scientifiques réalisées par le laboratoire des Monuments historiques sur la composition, la trame et la coloration du tissu plaident aussi en faveur de l'authenticité de la tunique d'Argenteuil, ajoute le généticien. La teinture pourpre et le tissage correspondent à des techniques utilisées en Palestine, en Égypte et en Syrie entre les premier et sixième siècles. La dimension du vêtement aussi. Les minéraux et les pollens retrouvés sur la tunique proviennent d'un milieu désertique. Les pollens appartiennent à des espèces végétales endémiques en Palestine.

— Cela donne des informations sur sa provenance mais pas sur l'individu qui portait ces tissus, remarque Alexandre.

— Vous m'avez l'air bien sceptique ! Vous avez tort. Il y a dix ans, une étude a été menée par des chercheurs de l'Université catholique de Murcie en Espagne. Ils ont comparé des pollens présents sur les trois reliques, la tunique d'Argenteuil, le linceul de Turin et le suaire d'Oviedo. Et vous savez quoi ?

— Vous allez me le dire…

— Quinze pollens ont été identifiés et, parmi eux, sept sont communs aux trois reliques ! Deux proviennent uniquement de Palestine : ce sont les pollens d'un pistachier – Pistacia palaestina – et d'un tamarin – Tamarix hampeana. Ils proviennent de plantes de zones semi-désertiques du Proche-Orient. Des micro-particules ont aussi été relevées par aspiration fine sur la tunique. Les scientifiques ont trouvé des grains de sables de région désertique, de l'aragonite qui est une variété de carbonate de calcium très présent dans les pierres de construction de Jérusalem. Ils ont aussi découvert des particules de peau et de de cheveux. Que vous faut-il de plus ?

— Admettons que la provenance soit bien la Palestine, reprend Alexandre. Ces tissus auraient pu revêtir un autre homme que Jésus…

— Vous oubliez les miracles eucharistiques ! s'exclame Pedro, maintenant exalté.

— C'est quoi ?

— Il y a d'abord le miracle de Lanciano qui s'est produit au VIIIe siècle en Italie. Le prêtre qui célébrait la messe doutait de la vérité de la présence réelle du Christ dans l'eucharistie. C'est alors qu'au moment même où il prononçait les paroles de la consécration, l'hostie qu'il avait entre les mains changea et se transforma en chair. Les restes de l'hostie ont été conservés et exposés dans un ostensoir dans l'église Saint-François de Lanciano. En 1970, le Vatican a autorisé une analyse de l'hostie afin de vérifier l'authenticité du miracle. Une professeur d'anatomie, d'histologie et de chimie de l'hôpital d'Arezzo a été chargé de l'étude. Les prélèvements de la vieille hostie ont été apportés à un laboratoire pour des analyses scientifiques qui ont duré plusieurs mois.

— Alors, quelle a été la conclusion ? interroge le policier.

— Le rapport a établi que la « chair miraculeuse » était vraiment de la chair constituée de tissu musculaire strié du myocarde. Le « sang miraculeux » était du sang véritable. L'analyse chromatographique le démontrait avec une certitude absolue. L'étude immunologique démontrait que la chair et le sang étaient bien de nature humaine. Enfin, la preuve immuno-hématologique permettait d'affirmer avec certitude que l'un et l'autre appartenaient au même groupe sanguin AB. Aucune section histologique n'a révélé de traces de substances conservatrices utilisées autrefois dans un but de momification. C'est troublant non ?

— Étonnant plutôt, admet Alexandre.

— Et ce n'est pas tout ! s'emballe Pedro. Il y a un autre événement, bien plus récent ! C'est le miracle de

Tixtla, au Mexique, en 2006. Une hostie s'est mise à saigner. Trois ans plus tard, les scientifiques s'y sont intéressés et ont pu y déceler de l'hémoglobine humaine. Ils ont collecté des échantillons et les ont envoyés à deux laboratoires différents. Les résultats ont révélé simultanément que le sang était de type AB. Ils ont été confirmés en 2010 par un laboratoire bolivien qui ne savait pas d'où provenait l'échantillon qu'il analysait. On a découvert en plus que le rhésus du sang était négatif, ce qui fait diminuer la probabilité de la fraude. 15 % des personnes, seulement, ont un rhésus négatif. La probabilité qu'un être humain soit simultanément de groupe sanguin AB et de rhésus négatif est très faible : ça représente une personne sur 133 !

— Est ce-qu'on a fait des analyses similaires sur les reliques de Turin et d'Oviedo ?

— En ce qui concerne le linceul de Turin, les scientifiques ont réalisé des tests dans les années 1980. Ces tests ont montré que le sang était d'origine humaine et qu'il était du groupe AB. Quelques années plus tard, un autre chercheur a pu confirmer ce résultat avec une méthode d'analyse encore plus rigoureuse en utilisant la technique de l'immunofluorescence. Dans les années 1990, un scientifique texan a encore confirmé que le sang était de type AB. Pour ce qui est du suaire d'Oviedo, un professeur a déterminé que le sang était de type AB grâce à sept échantillons différents. Ce résultat a été confirmé par des analyses indépendantes. En conclusion, dans tous les cas où une analyse de sang a été réalisée, le résultat a toujours été du sang du groupe AB. C'est phénoménal ! On a des objets indépendants, provenant de différents endroits avec des histoires et des parcours différents, et on obtient le même résultat ! Le fait que chacune des trois reliques de la Passion et les deux hosties de Lanciano et Tixtla soient du sang de type AB rend l'hypothèse de la fraude très improbable. Même si on imaginait un gigantesque complot où des faussaires se seraient amusés à mettre du sang sur les hosties et les reliques, il serait très improbable qu'ils arrivent à tous trouver du sang AB. D'ailleurs, en dehors du cas de Tixlta, les échantillons datent d'une époque où personne ne connaissait l'existence des groupes sanguins ! Par conséquent, des arnaqueurs du Moyen Âge voulant vendre de fausses reliques n'auraient jamais pu choisir un sang de type AB !

— Peut-être une coïncidence ? suggère Alexandre.

— Une coïncidence ? s'étrangle Pedro. À ce stade, ce n'est plus une coïncidence ! Un simple calcul mathématique montre à quel point il est impossible que tout ça se produise par pur hasard. La probabilité qu'une personne ait un groupe sanguin AB est de 5 % maximum (donc une chance sur vingt) et la probabilité d'obtenir deux fois un sang de type AB est donc de 1/(20x20), c'est-à-dire une chance sur 400 ! De même, la probabilité que des fraudeurs médiévaux aient réussi à falsifier à la fois le linceul de Turin, le suaire d'Oviedo et la tunique d'Argenteuil en y déposant du sang de type AB est de (1/20)3 c'est-à-dire une chance sur 8 000 ! Sans oublier que ces escrocs auraient dû réaliser ces opérations à plusieurs siècles d'intervalle et à des milliers de kilomètres de distance sans même connaître l'existence des différents types de groupes sanguins. Ça n'a aucun sens !

— Et la datation au carbone 14 ? interroge le policier. Il n'y avait pas eu une polémique à ce sujet sur le linceul de Turin ?

— En 2004, la tunique d'Argenteuil a aussi été datée. Cela a été fait au Laboratoire des mesures du carbone 14 qui dépend du Commissariat à l'énergie atomique à Saclay. Le spectromètre de masse a conclu que la tunique d'Argenteuil remontait au VIe ou au VIIe siècle. Précisément entre 530 et 650 après J.-C., avec une probabilité de 95,4 %. Tout le monde m'a dit alors : « consolez-vous, c'est déjà très ancien. » Mais je ne me suis jamais satisfait de ce résultat. Depuis, j'ai les plus grands doutes sur la fiabilité du test au carbone 14.

— Pourquoi ?

— La tunique est restée pendant au moins deux siècles enfouie dans des endroits humides en contact avec des matières organiques. Quand un tissu a été conservé dans de telles conditions, les analyses au carbone 14 perdent leur validité. Il y a eu une contamination de la laine par du carbonate de calcium déposé par l'eau de pluie. Or, tous les scientifiques savent que le carbonate de calcium rajeunit les datations.

Pedro Mascarell Soler semble traumatisé par ce résultat qui ne va pas dans son sens.

— Je me souviens qu'on a décrété que le linceul de Turin était faux à cause de la datation au carbone 14, ajoute Pedro Mascarell Soler. Je ne veux pas que l'histoire se répète avec la tunique d'Argenteuil !

— Vous avez de nouveaux projets concernant la tunique ? demande Alexandre.

— Je voudrais aussi étudier le linceul de Turin et le suaire d'Oviedo. Je suis certain de trouver sur les trois reliques un ADN identique. Cela signifierait qu'on a vraiment affaire au même homme.

— Si c'est le même homme, rien ne prouvera que cet homme est Jésus, commente Alexandre.

— Peut-être… Mais j'espère que la généalogie génétique aura fait des progrès entre temps.

— Que pense l'Église de vos recherches ?

— Elle ne doit pas en penser du mal puisque j'ai été invité à la conférence l'autre jour… En tout cas, elle est au courant de ce que je fais. En 1998, après avoir effectué le clonage moléculaire de trois gènes du sang de la tunique, j'ai transmis mes conclusions au pape. J'étais le premier à avoir eu l'honneur de cloner les gènes du sang du Christ.

— Vous pensez vraiment qu'on pourra cloner Jésus un jour ? demande Alexandre.

— Oui, bien sûr. Cloner Jésus constitue pour le moment un projet très difficile, qu'on ne pourra malheureusement pas empêcher longtemps avec les progrès de la science. Il existe de nombreuses sectes, aux États-Unis, en Italie, en Espagne et même en France, qui voudraient cloner Jésus. Si elles ne l'ont pas fait, c'est qu'elles n'ont pas encore obtenu d'échantillons de sang des reliques.

— Alors techniquement, c'est faisable ?

— On y est presque. Dans mon laboratoire à Montpellier, je travaille sur le clonage animal et je peux vous dire que nous sommes près du but.

— Vous tentez de cloner quel animal ? demande le policier intrigué.

— D'abord le mammouth. Ensuite le tigre de Tasmanie et le dodo de l'île Maurice.

— Pourquoi ces animaux-là ?

— Parce qu'ils ont disparu. Nous voulons les ressusciter. Le mammouth a disparu il y a dix mille ans. C'est le projet le plus difficile car l'extinction de l'espèce est ancienne. Ce sera peut-être plus aisé avec le tigre des Tasmanie. Ce marsupial carnivore a disparu dans les années 1930. Le dodo, l'oiseau de l'île Maurice, s'est éteint au XVIIe siècle, exterminé par l'homme. On commence à se rendre compte – et c'est un peu tard – que la biodiversité est importante pour la planète. Je suis convaincu que la réapparition de certaines espèces pourrait ralentir le changement climatique.

— Comment ça ? demande Alexandre, de plus en plus intrigué.

— Le retour du mammouth, par exemple, pourrait contribuer à un projet de géo-ingénierie climatique. Il s'agirait de restaurer l'écosystème de la steppe herbeuse où vivaient ces animaux pendant l'âge de glace. En hiver, ces gros herbivores piétineraient le manteau neigeux, ce qui tasserait la neige et permettrait une glaciation plus profonde et ralentirait la fonte du pergélisol.

— C'est quoi le pergélisol ?

— Le pergélisol désigne les sols dont la température reste sous le seuil de 0°C pendant au moins deux années consécutives. Ces couches de glace recouvrent 25% de la surface terrestre, notamment en Russie, au Canada et en Alaska. En temps normal, seule la couche de terre supérieure dégèle en été et permet le développement de la végétation. Or, sous l'effet du réchauffement climatique, un dégel des couches profondes est en cours avec les conséquences néfastes que l'on connaît… Ces régions constituent de véritables bombes à retardement, susceptibles de libérer chaque année, avec la changement climatique, autant de carbone que si l'on brûlait trois fois toutes les forêts de la planète !

— Et comment fait-on pour cloner un animal disparu ?

— Nous nous appuyons sur un outil permettant de modifier l'ADN : CRISPR-Cas9. Nous sommes capables aujourd'hui d'éditer et de synthétiser le code génétique d'organismes vivants. Nous avons commencé par les micro-organismes et les plantes. Aujourd'hui, nous travaillons sur les animaux. Vous avez dû entendre parler de la modification génétique des porcs pour en faire des donneurs d'organes pour l'homme ?

— Euh… oui.

— Eh bien, tout cela illustre que la recherche dans le domaine de la génétique est en plein essor et que les applications seront nombreuses.

— Mais, concrètement… comment peut-on fabriquer un mammouth alors que l'espèce a disparu ?

— D'abord, il faut trouver dans le Grand Nord des restes de mammouth. Ensuite, on séquence et on reconstitue un génome le plus complet possible. Par ailleurs, on séquence aussi le génome de l'éléphant d'Asie qui est l'espèce la plus proche du mammouth puisqu'il partage avec lui plus de 96 % de son ADN. Ensuite, on identifie les gènes responsables de la bonne adaptation du mammouth au froid comme les longs poils et la couche de graisse. On va éditer dans le noyau d'une lignée cellulaire d'éléphant d'Asie tous les gènes qui vont conférer au futur fœtus les caractéristiques désirées. Ensuite, on va insérer le noyau cellulaire contenant l'ADN modifié dans un ovule prélevé sur une éléphante d'Asie dont on a enlevé l'ADN originel. Enfin, on va implanter ce fœtus « transformé » dans l'utérus d'une éléphante. Au terme d'une gestation de vingt-deux mois, on obtiendra un bébé mammouth !

— Cela paraît simple quand on vous écoute, remarque le policier. Mais alors, pourquoi on n'a toujours pas réussi à produire ce mammouth ?

— Ce n'est qu'une question d'argent et de temps, répond Pedro Mascarell Soler. Et puis les progrès de l'intelligence artificielle devraient aussi nous aider. Aujourd'hui, nous sommes capables de modifier l'ADN d'organismes vivants, en coupant et en collant les gènes de façon précise. On peut aussi fabriquer de l'ADN entièrement en laboratoire.

— Toutes ces manipulations génétiques soulèvent des questions éthiques, non ?

— Je ne vois aucune restriction qui empêche la science de progresser. Je pense qu'on doit réguler non pas en fonction des techniques utilisées, mais plutôt en fonction des résultats. La bonne question est la suivante : les avantages d'une innovation sont-ils supérieurs au risque de ne rien faire ? Telle doit être la question !

8. ILLUMINATION

De retour dans son véhicule, Alexandre se lance dans une recherche sur son smartphone. Il découvre vite que la distribution des groupes sanguins varie selon les caractéristiques génétiques des populations. À l'échelle mondiale, le plus fréquent est le groupe O et le plus rare est en effet le groupe AB. En Israël, le groupe AB représente 7 % de la population. En France, la répartition des groupes sanguins dans la population générale est de 44 % pour le groupe O, 42 % pour le groupe B et seulement 4 % pour le groupe AB. Les peuples indigènes d'Amérique du Sud sont très majoritairement du groupe O.

En fin d'après-midi, Alexandre arrive dans les bureaux de la brigade criminelle. Il se rend directement dans le bureau de Didier Duval, son supérieur hiérarchique.

— Alors ? demande Duval. Votre discussion avec Pedro Mascarell Soler, c'était comment ?

— Instructif, répond Alexandre. Il traite les autres d'illuminés mais c'est lui qui paraît illuminé !

— Il recherche la notoriété et l'argent, ajoute son supérieur. Ce type n'est pas clair. Il se prend pour un ponte du génie génétique mais il ne semble pas avoir beaucoup d'éthique. On le soupçonne d'avoir dérobé la dépouille de la bête du Gévaudan qui avait été retrouvée dans les jardins du château de Versailles [voir « Meurtres en Aubrac » du même auteur]. Il tente certainement d'en extraire l'ADN.

— Il essaye, comme beaucoup d'autres, d'élucider cette énigme historique, suggère Alexandre.

— À quoi ça sert au bout de plus de 250 ans ? Ça ne m'étonnerait pas qu'il se livre à des manipulations génétiques pour faire revivre cette créature… En tout cas, ses recherches sur la tunique d'Argenteuil n'améliorent pas son image auprès de ses pairs. Ça fait longtemps qu'il est tenu en quarantaine par la communauté scientifique, notamment parce qu'il croit à l'origine génétique des races. Il est parfois invité à des colloques organisés par des associations intégristes catholiques.

— Pourquoi Pedro Mascarell Soler intéresse-t-il les intégristes ? demande Alexandre.

— Partout dans le monde, des mouvements chrétiens traditionalistes ou extrémistes encouragent des biologistes à se lancer dans des études de l'ADN du Christ. Des scientifiques se battent donc pour récupérer du sang sur ses reliques. Leur objectif est de cloner un nouveau Jésus. Pedro Mascarell Soler a même créé une association loi de 1901 dans l'unique but d'étudier les traces d'ADN sur les reliques du Christ.

— Pourtant, il m'a surtout parlé de clonage de mammouth…

— C'est une couverture… Et puis, si on réussit à cloner un mammouth, on doit bien être capable de cloner un humain… Notre équipe a fini d'éplucher la liste des 93 participants à la conférence.

— Alors ?

— Nous avons trouvé l'identité de la victime ! s'exclame Duval en esquissant un sourire, ce qui est plutôt inhabituel chez lui.

— C'est formidable ! s'exclame Alexandre. Comment l'a-t-on trouvée ?

— Sa disparition avait été signalée par son employeur au commissariat de Bezons où il habitait et travaillait.

— Bezons, c'est à côté d'Argenteuil. Il travaillait dans quoi ?

— Consultant en marketing. Son employeur a fini par s'inquiéter de son absence au bureau et a signalé sa disparition. Nous avons comparé le fichier des personnes disparues à la liste des participants de la conférence. Et bingo !

— C'est qui alors ?

— Sami Kassir, vingt-quatre ans, Franco-Libanais, chrétien pratiquant, célibataire sans enfant, orphelin. Sa famille avait quitté le Liban dans les années 1980 à cause de la guerre. Ce n'est guère étonnant qu'il s'intéresse à la tunique d'Argenteuil. Il prétendait être un descendant du Christ. Apparemment, il n'hésitait pas à le dévoiler à ses collègues.

— C'est quoi ce délire ?

— Il n'est pas le seul dans ce cas, loin de là ! Beaucoup de personnes, disséminées sur toute la terre, prétendent être des descendants de Jésus... Ils se réfèrent à des écrits de saint Jean : « Dans son Testament, Jésus a dit qu'il aurait des descendants de toute langue, de toute tribu, de toute nation. » Même les rois mérovingiens de France descendraient du Christ par l'entremise de Clovis et de Marie-Madeleine. C'est dans la légende des Templiers. Aujourd'hui, avec la généalogie génétique, des personnes s'imaginent qu'un simple test salivaire suffirait pour prouver une filiation.

— Ils se mettent le doigt dans l'œil ! proteste Alexandre. Je me suis renseigné sur la question ; ce n'est pas une mince affaire. D'abord, il faudrait pouvoir retrouver du sang du Christ, par exemple sur le linceul de Turin ou la tunique d'Argenteuil. Et rien ne prouve que les reliques soient authentiques ! Ensuite, le test ADN comparatif ne marche pas au-delà d'une génération. Combien compte-t-on de générations sur 2000 ans quand on sait que les généalogistes considèrent qu'une génération représente environ trente ans ? Ça fait 67 générations... Autant dire que l'étude des caractéristiques génétiques pour attester d'une filiation qui remonte aussi loin risque d'être difficile, voire impossible. Il faudrait que la science fasse d'énormes progrès.

— Il y a quelques années, un microbiologiste américain a publié des descriptions de cellules sanguines en très bon état de conservation trouvées sur le linceul de Turin. Depuis, des sectes messianistes américaines veulent absolument tenter une deuxième résurrection du Christ in vitro. Elles ont lancé des appels d'offre sur Internet pour acheter du sang des reliques.

— C'est vraiment n'importe quoi ! Maintenant tous ces tarés vont vouloir voler la tunique d'Argenteuil !

— Ces sectes en ont assez d'attendre éternellement le retour du Messie. C'est la raison pour laquelle elles veulent le faire revenir par elles-mêmes. Elles veulent accélérer le cours des événements et des prophéties. Et il semblerait que certaines d'entre elles ont des moyens financiers colossaux, des appuis politiques, des donneuses d'ovules et des mères porteuses à disposition…

— Pourtant, d'après mes lectures et contrairement à ce que proclame Mascarell Soler, le clonage à partir d'ADN fossile est impossible pour l'instant. « Jurassic Park » reste un mythe. Pour cloner, ce qui est une chose encore difficile, il faut des cellules vivantes. C'est indispensable. Le clonage n'est pas une transformation génétique. On peut mettre tout l'ADN que l'on veut dans un ovocyte, on n'obtiendra jamais un clone. Pour le clonage, il faut un noyau vivant et actif. Il faut en finir avec la perspective de faire revivre les ADN fossiles qu'ils soient d'origine animale ou humaine à moins d'avoir recours au miracle évidemment… Même le clonage animal à partir de cellules vivantes n'est pas au point. Le taux de résultat n'est que de 1 % à ce jour. Mais revenons à notre enquête. Que sait-on de plus sur Sami Kassir ? Il a un casier ?

— Non, pas de casier, répond Duval. Un type sans histoires selon son patron, ses collègues et ses voisins.

— Même les tueurs en série sont des types sans histoires, râle Alexandre.

— Cependant, nos collègues du commissariat d'Argenteuil ont eu affaire à lui.

— À quelle occasion ? Il a été cambriolé ?

— Non, répond Duval. C'est lui qui a appelé la police quand deux jeunes ont crié « Allah Akbar » dans la basilique l'automne dernier. Sami Kassir était en train de prier quand ils ont débarqué. Il a immédiatement signalé l'incident. C'est grâce à lui que les types ont pu être interpelés.

— Les gars auraient voulu se venger ?

— On ne peut rien exclure à ce stade de l'enquête.

— Et on les a relâchés ? demande Alexandre.

— On n'allait pas les coffrer pour avoir crié « Allah Akbar » dans la basilique. Ils n'avaient pas de casier judiciaire et n'avaient jamais eu de soucis avec la police. Leurs familles sont musulmanes et d'origine algérienne. Mais eux ne sont pas pratiquants, ce ne sont pas des islamistes. Ils n'ont pas été radicalisés. Ils ont avoué qu'ils avaient fait ça pour s'amuser et pour gagner un pari avec des copains. L'un d'eux avait filmé la scène sur son téléphone pour apporter la preuve de ce qu'ils avaient fait à leurs potes. Ils ont été longuement interrogés. Le simple fait d'avoir révélé leurs actes à leurs parents les a mis dans l'embarras. Les collègues pensaient que ça leur avait servi de leçon. Ce sont juste des jeunes cons. Mais il va falloir vérifier leurs alibis.

— OK, je vais demander à mon équipe de s'en charger. C'est quoi leurs noms ?

— Karim Benamar et Moussa Mansour. Ils habitent à Cergy. Ce n'est pas tout près d'Argenteuil. Voici leurs adresses.

9. ARGENTEUIL

À 22 heures 40, Alexandre prend avec lui son ordinateur portable au lit. Confortablement installé contre deux oreillers, il continue son voyage dans le temps grâce à Internet. Il sait maintenant comment et pourquoi la tunique de Jésus est arrivée en France et à Argenteuil. Mais que lui est-il arrivé depuis l'an 800 ?

À Argenteuil, une abbaye dédiée à sainte Marie fut fondée en 697. Elle était occupée par une communauté féminine.

En 800, Charlemagne donna la tunique de Jésus à l'abbaye Notre-Dame d'Argenteuil dont sa fille Théodrade allait devenir prieure quelques années plus tard. Selon un document datant de 828, Théodrade reçut l'abbaye d'Argenteuil à condition que cette dernière revienne, après sa mort, à l'abbaye de Saint-Denis, sauf si celle-ci y renonçait. En 814, Théodrade était toujours abbesse à Argenteuil.

À partir de 830, les Vikings envahirent plusieurs fois la ville de Paris en remontant la Seine à bord de leurs drakkars. À Argenteuil, les religieuses cachèrent la tunique dans les murs de l'abbaye. Judith, une fille de Charles le Chauve, succéda à Théodrade quand le bâtiment fut ravagé par les Vikings.

À la fin du Xe siècle, Adélaïde d'Aquitaine, épouse d'Hugues Capet, fit reconstruire l'abbaye Notre-Dame pour y réinstaller les religieuses.

En 1129, Héloïse, séparée d'Abélard, devint abbesse à Argenteuil. Néanmoins, Suger, abbé de Saint-Denis fit valoir la clause de l'an 828. Un concile décida d'expulser la communauté féminine pour la remplacer par des moines bénédictins dépendant de Saint-Denis. Ces derniers importèrent la culture intensive de la vigne.

En 1156, à l'occasion de travaux d'agrandissement, les bénédictins de Saint-Denis retrouvèrent la tunique de Jésus cachée par les religieuses dans un mur lors des invasions normandes. Pendant deux siècles, le vêtement sacré était resté muré. C'est aussi au XIIe siècle qu'apparurent dans toute l'Europe des milliers de reliques. La découverte de la tunique fut-elle fortuite ?

La même année, eut lieu la première ostension de la tunique, organisée par Hugues III d'Amiens, archevêque de Rouen, en présence du roi Louis VII, de nombreux évêques et d'une foule de fidèles. L'exposition fut attestée par une charte de l'archevêque. Les pèlerinages se succédèrent jusqu'au XIVe siècle, époque à laquelle la Guerre de Cent Ans, la peste noire et les Grandes compagnies ruinèrent la région. Les ostensions furent interrompues. En 1411, l'abbaye fut pillée et incendiée par le parti d'Orléans. En 1449, une église paroissiale fut construite. En 1518, l'abbaye tomba sous le régime de la commende : elle n'était plus dirigée par un moine mais par un laïc à qui on donnait le droit de jouir de ses revenus en récompense de services militaires. La relique de Jésus attira de nouveau les fidèles.

En 1542, François Ier fit ériger des fortifications autour d'Argenteuil afin de protéger la relique des protestants. Achevés en 1549, les remparts figèrent la forme de la ville [qui correspond au centre-ville actuel] jusqu'à leur destruction au début du XIXe siècle. En 1562, Argenteuil fut pris par les huguenots du prince de Condé qui incendièrent l'abbaye. Les moines cédèrent la chapelle Saint-Jean à un vigneron laïc qui la transforma en cellier. La tunique fut sauvée. Appelée « la robe de Dieu », elle fit l'objet de pèlerinages des rois de France François Ier, Henri III et Louis XIII, des reines Marie de Médicis et Anne d'Autriche, et du cardinal de Richelieu, attestés par les documents d'archives. De grandes processions se déroulèrent, signes d'une grande piété populaire, donnant lieu à de nombreux miracles. Aux XVIe et XVIIe siècles, la présence de la relique suscita un essor commercial et l'installation de communautés religieuses.

En 1646, le rattachement de l'abbaye Notre-Dame à la congrégation de Saint-Maur relança la vénération de la tunique qui fit l'objet de six processions solennelles par an. Le 21 janvier 1699, une tempête emporta le clocher qui s'écrasa dans le chœur ; les réparations restèrent sommaires. En 1706, l'abbé Fleury obtint la commende du prieuré qui entama son déclin. Il ne comptait plus que quatre moines en 1788.

À la Révolution, le prieuré bénédictin fut supprimé et la tunique fut transférée à l'église paroissiale.

Le 27 septembre 1790, le bâtiment de l'abbaye, dégradé au fil des siècles, fut déclaré bien national et vendu. Il fut utilisé comme carrière de pierres.

Le 18 novembre 1793, face à la menace de confiscation des biens de l'Église et craignant sa destruction, le curé d'Argenteuil Ozet décida de faire subir à la tunique ce que les soldats romains eux-mêmes n'avaient pas osé faire. Avant d'être jeté en prison, il la découpa en de multiples morceaux qu'il cacha dans des murs, qu'il enterra dans le cimetière ou dans son jardin ou qu'il donna à des paroissiens.

En 1795, le curé d'Argenteuil fut libéré. Il ne put récupérer tous les morceaux de la tunique mais tenta de la reconstituer tant bien que mal...

10. L'ÉCRIVAIN

À 13 heures, Alexandre Coste emprunte la rue Paul-Vaillant Couturier à Argenteuil. La circulation est fluide à cette heure. Il aperçoit Énimie qui l'attend sur l'esplanade de la basilique Saint-Denys. La veille, il l'a appelée pour lui expliquer qu'il souhaitait sa présence lors de l'interrogatoire de l'écrivain Henri-Noël Cousin. Elle a accepté sans poser de questions après un court instant d'hésitation. Le policier est un peu surpris de son allure apprêtée qui contraste avec sa tenue un peu négligée de l'autre jour. Ses cheveux sont ramenés en une queue de cheval haute et elle est tirée à quatre épingles. Elle a troqué son jean et ses baskets contre un élégant pantalon noir et des bottines en cuir. La jeune femme se laisse entraîner dans la voiture du policier sans un mot. Elle se demande pourquoi il lui a demandé de l'accompagner. Comme s'il avait lu dans ses pensées, Alexandre lui adresse un sourire rassurant avant de redémarrer.

— J'ai un peu galéré pour avoir ce rendez-vous avec Henri-Noël Cousin, dit-il. C'est pour ça que je vous ai prévenue un peu tard.

— Il n'était pas disponible ? demande Énimie.

— Non, c'est le moins qu'on puisse dire… Il effectue actuellement une tournée des églises et des librairies pour promouvoir son livre sur la sainte tunique. Vous savez quand son livre est sorti ?

— Il me semble que ça fait deux ou trois semaines. Sa première séance de dédicaces était chez nous, à la basilique Saint-Denys.

— La veille du meurtre ? demande Alexandre.

— C'est ça, nous n'en avons fait qu'une. C'était un événement important à la fois pour lui et pour nous. C'est le recteur Jacques-Gabriel Carnot qui a eu l'idée de la conférence.

— Suivi d'une vente de livres et d'une séance de dédicaces. L'écrivain ne perd pas le nord !

— Et on peut encore s'estimer heureux ! s'exclame Énimie. Il ne nous a pas fait payer son intervention. D'habitude, quand il donne une conférence, il se fait payer. Plutôt cher d'ailleurs ! Depuis qu'il est régulièrement invité à des émissions de télévision historiques, ses tarifs ont grimpé en flèche. Ce type a le vent en poupe…

— Il faut qu'il en profite : la roue tourne…

— Elle ne tournera pas de sitôt, rétorque Énimie. Henri-Noël Cousin dispose de tout un réseau. Sa sœur produit des séries et des documentaires pour la télévision. L'un de ses neveux est journaliste dans une chaîne d'info. Il a des appuis solides.

Soudain morose, Énimie regarde par la fenêtre tandis que le véhicule longe la Seine en direction de Bezons.

— C'était quoi l'objet de la conférence déjà ? demande Alexandre pour briser le silence.

— C'était, en gros : « La tunique d'Argenteuil a-t-elle été témoin des dernières heures du Christ ? Pourquoi se trouve-t-elle à Argenteuil ? Quelle trace historique en a-t-on avant Charlemagne ? Quels éléments scientifiques plaident-ils en faveur de son authenticité ? »

— Vaste programme, commente le policier. Franchement, vous y croyez vous à l'authenticité de la tunique ?

— Plus je travaille sur le sujet, plus je collecte des informations et plus j'ai des doutes, reconnaît Énimie. J'ai découvert que des milliers de reliques sont apparues tout à coup dans toute l'Europe au XIIe siècle. Ça permettait aux établissements religieux de se remplir les caisses. Le pouvoir miraculeux prêté aux reliques attirait les dons et augmentait le prestige des seigneurs locaux. Chaque monastère voulait sa relique et certains n'hésitaient pas à voler celle du voisin. Par exemple, les restes de saint Vincent ont été subtilisés à l'église d'Orbigny, en Indre-et-Loire, et ont atterri à Bourges dans le Cher. Parfois, on se disputait la relique d'un saint avant sa mort ! On spéculait sur les morceaux de son corps. Saint Jacques, quand il était mourant, a été ramené à Antioche pour s'assurer de récupérer ses os. Et puis, on exposait n'importe quelle partie du corps : la dent de lait et le prépuce de Jésus, la cervelle de saint Pierre…

— C'est complètement fou ! s'exclame Alexandre. Et macabre…

— C'était déjà la loi de l'offre et de la demande, ajoute Énimie. La demande de reliques était tellement forte que les prix grimpaient en flèche. Le roi Louis IX a dépensé plus d'argent pour récupérer la couronne d'épines de Jésus et des morceaux de sa Croix que pour construire la Sainte-Chapelle qui devait les abriter à Paris. Les faussaires, eux, ont profité du filon au maximum. Il paraît que si on récupérait tous les prétendus morceaux de la Croix, on pourrait en reconstituer plusieurs…

— Et il y a eu beaucoup d'études scientifiques sur ces reliques ?

— Récemment, en France, un chercheur médecin a montré qu'on pouvait reproduire le linceul de Turin en utilisant les techniques du Moyen Âge. Il a appliqué un drap de lin mouillé sur un bas-relief représentant le visage d'un homme puis il a coloré le tissu par tamponnage avec de l'oxyde de fer. Et il a abouti à une image très proche de celle du linceul. En plus, cette reproduction sur le linge résiste à un lavage à 250°C ! Cependant, le faussaire n'était pas n'importe qui. La fabrication d'un faux linceul ou d'une fausse tunique supposait de solides connaissances anatomiques permettant de reproduire dans le moindre détail les conséquences d'une crucifixion. Quelqu'un comme Léonard de Vinci aurait fait un excellent faussaire avec toutes ses connaissances ! Le médecin a retrouvé sur le linceul de Turin un écoulement de sang caractéristique d'un coup de lance porté à droite, au cinquième espace intercostal, ce qui correspond exactement à la technique de mise à mort des légionnaires romains.

— C'est vraiment captivant, commente Alexandre. Un faussaire de génie aurait-il pu fabriquer le linceul de Turin puis badigeonner du même sang le suaire d'Oviedo et la tunique d'Argenteuil avant d'écouler le lot ?

— Je crois de plus en plus à cette version, déclare Énimie. C'est la seule qui soit rationnelle. À notre époque, je ne comprends pas qu'on puisse encore vénérer des reliques et croire qu'elles font des miracles. Il faut vraiment être désespéré dans la vie ! On n'est plus au Moyen Âge !

— Tout à fait d'accord ! approuve Alexandre. Le généticien Pedro Mascarell Soler, lui, envisage déjà de trouver le code génétique du Christ.

— Sauf que l'on n'a aucun moyen aujourd'hui de dater le sang, réplique Énimie. On ne saura donc pas si ces reliques en tissu ont été portées par Jésus. La datation du tissu au carbone 14 a été le sujet de polémiques. On est un peu dans une impasse. Vous avez avancé dans l'enquête ?

— Pas vraiment : l'enquête patine... On se demande comment le meurtrier a pu entrer dans la basilique. Nous n'avons trouvé aucun signe d'effraction : les serrures des portes n'ont pas été forcées, les vitres et les vitraux sont intacts, ce qui nous fait penser qu'il était déjà présent dans l'édifice. Vous êtes certaine que vous n'avez rien vu ou rien entendu quand vous avez fermé les portes ?

— Non, je vous l'ai déjà dit, répond Énimie. S'il y avait quelqu'un, il était bien caché...

— Je crois que nous arrivons. J'aperçois un aqueduc...

Henri-Noël Cousin habite dans la banlieue chic et résidentielle de Louveciennes, dans l'Ouest parisien, entre Versailles et Saint-Germain-en-Laye à proximité du parc de Marly-le-Roi. Suivant les conseils de l'écrivain, Alexandre gare son véhicule sur un petit parking situé au pied des arches de l'aqueduc, à côté d'un cimetière. Énimie et lui marchent ensuite en direction de la Seine, le long de l'imposant ouvrage construit sous le règne de Louis XIV. L'aqueduc de Louveciennes faisait partie du système hydraulique destiné à alimenter en eau les jardins du château de Marly et le parc du château de Versailles depuis le fleuve. Au bout d'une dizaine de minutes, Énimie et Alexandre arrivent à l'adresse communiquée par l'écrivain. À travers l'élégant portail en fer forgé, ils découvrent une magnifique maison de maître sur trois niveaux, au centre d'un jardin arboré. Alexandre sonne à l'interphone et se présente. Un déclic leur signale l'ouverture du portail. Un homme les attend à l'entrée de la demeure dont le perron à portique est soutenu par des colonnes corinthiennes.

— C'est l'écrivain ? demande Alexandre à voix basse.

— Oui c'est lui, répond Énimie en faisant un signe de la main à Henri-Noël Cousin.

— Ses livres doivent bien se vendre, remarque le policier. Une baraque comme ça doit valoir une fortune ! Et regardez, là, cette vue imprenable sur la Seine !

— Ce ne sont pas ses droits d'auteur qui lui ont permis d'acheter une telle maison même s'il vend beaucoup de livres, soupire Énimie. Henri-Noël Cousin est issu d'une riche famille de joailliers. Il possède plusieurs magasins à Paris. Les bouquins, c'est de l'argent de poche pour lui. Mais c'est un vrai passionné d'histoire, en particulier de l'histoire des religions.

Alors qu'Énimie et Alexandre montent les marches du perron, Henri-Noël Cousin les invite à entrer. L'écrivain a un look de vieux beau, des yeux en amande et une crinière poivre et sel ébouriffée.

— Désolé pour ma réponse tardive, s'excuse-t-il. Je ne suis pas souvent chez moi en ce moment. Je suis rentré hier soir de Lourdes où j'avais une séance de dédicaces.

— Merci de nous recevoir, dit Alexandre. Ça doit bien marcher vos livres à Lourdes !

— Je ne peux pas me plaindre, répond simplement Henri-Noël.

Énimie et Alexandre suivent l'écrivain dans une vaste entrée dotée d'une belle hauteur sous plafond jusqu'à un salon donnant sur une terrasse. Leur hôte les invite à s'asseoir dans des fauteuils placés devant une imposante cheminée en marbre. Le charme des lieux est renforcé par la présence de vitraux anciens sur certaines fenêtres et un parquet ancien en bois massif.

— Que me vaut l'honneur de votre visite ? demande Henri-Noël Cousin. Vous êtes de la brigade criminelle si j'ai bien compris.

— Oui, confirme Alexandre. Tout ce que je vais vous dire doit rester confidentiel. Je veux être certain que vous ne révélerez rien de la teneur de notre conversation.

— Vous pouvez compter sur moi, répond l'écrivain avec un brin d'inquiétude dans la voix. Vous voulez un café ?

— Non merci. J'ai cru comprendre que vous ne disposiez pas de beaucoup de temps.

— C'est exact. Ce soir, j'ai une séance de dédicaces dans une librairie à Versailles. Allons droit au but !

— Vous avez participé à une conférence à la basilique d'Argenteuil qui était organisée par Énimie Chardaire, ici présente.

— Tout à fait, répond l'écrivain. J'y étais invité par le recteur Jacques-Gabriel Carnot qui avait aussi convié le généticien Pedro Mascarell Soler. Énimie a fait un travail remarquable.

— J'ai demandé à Énimie de venir aujourd'hui avec moi car vous étiez tous les deux, ce soir-là, les derniers à quitter les lieux. Si l'un de vous ne se souvient pas d'un détail, l'autre pourra peut-être me répondre… L'événement devait se terminer à 22 heures, c'est ça ?

— Oui, répond l'écrivain. La conférence a fini à 21 heures 30. Elle a été suivie d'une séance de dédicaces de mon livre qui a duré une demi heure environ.

— À quelle heure avez-vous quitté la basilique ? demande le policier.

— J'ai dû partir un quart d'heure après la fin, le temps de remercier et de saluer la libraire et Énimie.

— La libraire est partie après vous ?

— Non. Son mari est arrivé à la fin de la séance de dédicaces. Il avait un diable avec lui. Du coup, ils ont pu embarquer rapidement les livres non vendus. Ils sont partis ensemble. Ensuite, nous avons discuté de la conférence avec Énimie. Je voulais avoir son avis.

— Quand vous êtes parti, il n'y avait plus qu'Énimie dans la basilique ? Il n'y avait personne d'autre ?

— C'est ça. Il n'y avait plus personne.

— Vous êtes rentré directement chez vous après ? En voiture ?

— Oui. Je suis rentré à Louveciennes avec ma voiture.

— Et vous êtes arrivé ici à quelle heure ?

— Je n'ai pas regardé l'heure.

— Vous avez fait quoi après ?

— Je suis allé directement me coucher.

— Quelqu'un peut-il le confirmer ?

— Non, j'étais seul, répond Henri-Noël avec une pointe d'agacement dans la voix. Ma compagne était en déplacement pour son travail. Mais pourquoi me posez-vous toutes ces questions ? Où voulez-vous en venir ?

— Un homme a été retrouvé mort le lendemain matin dans la basilique. C'est Énimie qui l'a découvert. Il s'appelait Sami Kassir. Vous le connaissiez ?

— Son nom ne me dit rien. Que lui est-il arrivé ? Pourquoi on n'en a pas entendu parler dans les médias ?

— Nous tenons à ce que cette affaire reste secrète pour l'instant. Kassir a été assassiné, le crâne fracassé. On l'a déshabillé et on a simulé ensuite une crucifixion.

— Crucifié ? C'est horrible !

— Nous voulons éviter toute médiatisation de ce meurtre afin de ne pas entraver l'enquête. C'est pour cette raison que je vous demande de n'en parler à personne. Je vais vous montrer des photos de cet homme et vous allez me dire si vous le reconnaissez.

Alexandre lui montre l'écran de son smartphone et fait défiler les photos.

— Sami Kassir a assisté à votre conférence, ajoute le policier. Juste avant, il a longuement parlé à Pedro

Mascarell Soler. Est-ce qu'il est venu vous voir après pour se faire dédicacer votre livre ?

— Je ne me souviens pas, répond l'écrivain. Sa tête ne me dit rien. Son nom non plus. Je suis désolé.

— Pourquoi vous vous intéressez à la tunique d'Argenteuil ? Au point d'en écrire un livre.

— Je ne suis ni un théologue ni un historien de formation mais je suis passionné par l'histoire des religions depuis très longtemps. Je n'ai appris l'existence de la tunique d'Argenteuil que très récemment, il y a moins de dix ans, je crois. Pourtant je suis catholique pratiquant comme toute ma famille. J'ai fait ma communion et ma confirmation. Alors, je me suis demandé pourquoi je n'avais jamais entendu parler de cette tunique de Jésus conservée depuis douze siècles à Argenteuil, tout près de Paris. La sainte tunique est pourtant, avec la sainte couronne d'épines de Notre-Dame, le linceul de Turin et le suaire d'Oviedo, l'une des reliques les plus sacrées de la chrétienté. C'est stupéfiant !

— Vous croyez que la tunique d'Argenteuil est authentique ? demande le policier.

— Vous n'avez pas lu mon livre, vous…

— En effet. Pas encore.

— Si vous aviez lu mon livre, vous sauriez ce que j'en pense.

— Alors qu'en pensez-vous ? demande Alexandre.

— Il y a eu dans l'histoire beaucoup de fausses reliques, reconnaît l'écrivain. Cela ne m'aurait posé aucun problème si des scientifiques avaient conclu que la tunique d'Argenteuil était une fausse. Mais cela n'est absolument pas le cas. J'en suis profondément convaincu. Il se trouve que toutes les données renvoie à la dignité sacerdotale de Jésus et à l'unité de l'Église.

— Une ostension tous les 50 ans, c'est peu fréquent, remarque Alexandre. Il n'y a pas d'autres expositions ?

— Si, une fois par an, nous avons une journée de vénération. La tunique n'est pas dépliée comme pour les ostensions mais le reliquaire est sorti de sa chasse et porté à travers la basilique puis installé dans un endroit où on peut l'approcher. Les pèlerins viennent se recueillir devant la sainte tunique et sont invités à prononcer ces mots : « Par ta sainte tunique, sauve-moi Jésus ».

— Vous avez porté plainte pour des actes de vandalisme l'année dernière ? reprend le policier.

— Oui. En septembre, nous avons découvert un tag obscène sur un mur : quelqu'un avait dessiné un sexe masculin. Ensuite, une croix latine de grande valeur a été dégradée ; une partie a été arrachée et emportée. Plus tard, nous avons trouvé des excréments dans l'une des chapelles de la basilique. En novembre, deux adolescents ont déboulé ici en criant « Allah Akbar » [une expression de l'Islam signifiant « Dieu est grand »]. Ils ont été interpelés et placés en garde à vue. Ces jeunes ne connaissent même pas leur religion ; dans l'Islam, Jésus est un personnage important. Les musulmans le voient comme l'un des plus grands prophètes de leur religion. Ils l'appellent Issa ou Aissa en arabe. Jésus est très fréquemment cité dans le Coran ; il est considéré comme un messager d'Allah. Mais ici, nous n'abritons pas que la sainte tunique. La basilique contient également des trésors classés, comme une châsse néo-gothique et des vitraux des années scientifiques concernant les trois principales reliques – la tunique d'Argenteuil, le linceul de Turin et le suaire d'Oviedo – convergent dans le sens de leur authenticité et de la conformité avec le récit des Évangiles. Pedro Mascarell Soler qui a réalisé une étude approfondie de la tunique est d'accord avec moi. Il a repéré des hématies anormales qui démontrent que l'homme qui a porté ce vêtement a beaucoup souffert. Et il a aussi trouvé des pollens provenant de plantes qui ne poussent qu'entre Jérusalem et Hébron. En 1997, un spécialiste des numérisations d'images de l'Institut d'optique d'Orsay a identifié sur le dos de la tunique d'Argenteuil neuf taches qui correspondent probablement au port de la Croix. Et ces taches se superposent même aux taches présentes sur le linceul de Turin ! En ajoutant l'ensemble de ces indices scientifiques, il existe une chance sur 6 000 pour que la tunique d'Argenteuil n'ait pas été portée par le même homme que le linceul de Turin et le suaire d'Oviedo. Vous savez qui aurait pu tuer ce pauvre homme à Argenteuil ?

— Non, soupire Alexandre en sortant son smartphone de la poche de son blouson. Ce qui pourrait nous mener au meurtrier, c'est l'étrange symbole qu'il a dessiné sur le torse de sa victime. Regardez cette photo. Vous qui connaissez l'histoire des religions, connaissez-vous ce motif géométrique ? C'est un dessin assez difficile à reproduire. Est-ce que c'est un symbole religieux ?

— Je ne pense pas. Ça me fait plutôt penser à certains schémas de Léonard de Vinci…

— Quels schémas ?

— Votre dessin me fait penser aux plans de bâtiments et d'églises que dessinait Léonard de Vinci… ainsi qu'aux plans des châteaux féodaux. Il ressemble étrangement au plan du donjon de Chambord qui reste une énigme pour beaucoup d'historiens. Ce donjon est composé de quatre cantons, c'est-à-dire quatre logements. On voit bien ces quatre cantons sur votre dessin, avec un sens giratoire. Il présente deux axes de symétrie parfaits, ce qui n'est pas le cas du château de Chambord dont l'orientation du canton sud est anormale. On pense que c'est une erreur ou bien un remaniement postérieur. Votre dessin n'est pas un symbole religieux mais un plan giratoire – ou en svastika – d'un donjon de château médiéval. On distingue bien les quatre cantons comprenant un logement de plan carré puis les quatre tours d'angle.

— J'ai une dernière question, ajoute Alexandre. Pensez-vous, comme Mascarell Soler, que l'on puisse cloner Jésus ?

— Ce serait une catastrophe ! Je ne pense pas qu'on soit capable de le faire ; on ne pourra pas cloner le Christ à 100 %. Si on utilise le peu de sang dont on dispose, on obtiendra un génome incomplet. Ce serait un individu avec une infime partie des gènes de Jésus. L'individu cloné serait alors une personne distincte. Et puis, dans notre société, on accorde trop d'importance au matériel génétique, alors que ce qui compte est l'environnement : les conditions familiales, l'époque et la société dans lesquelles on grandit. De fait, les frères de Jésus possédaient un matériel génétique proche, et aucun d'eux n'est devenu comme lui. Un Christ cloné ne serait pas le Fils de Dieu, mais un fils de Dieu, comme toute autre personne. Et ce serait un homme totalement manipulé par ceux qui l'auraient cloné.

Énimie et Alexandre prennent congé d'Henri-Noël Cousin et regagnent le véhicule du policier sous l'aqueduc. Alexandre est un peu déçu car l'interrogatoire de l'écrivain n'a pas donné grand-chose. Son interprétation du schéma dessiné sur le torse de la victime le laisse perplexe.

— Vous ne m'aviez pas dit que vous aviez trouvé l'identité de la victime ! s'exclame Énimie.

— Ah bon ? Je pensais pourtant vous l'avoir dit. Désolé. Vous connaissiez Sami Kassir ? Vous souhaitez que je vous remontre sa photo ?

— Non, ce n'est pas la peine. Je l'ai vu quand vous avez montré votre smartphone à Henri-Noël. Je ne connais pas cet homme.

— Vous êtes certaine qu'il n'était pas déjà venu à la basilique ?

— Je n'en sais rien. Je ne passe pas tout mon temps à la basilique. Je rencontre des gens, des partenaires. Je me déplace. Et je passe beaucoup de temps devant l'écran d'un ordinateur au Centre pastoral qui est à quelques minutes à pied de la basilique. C'est surtout là que je travaille.

— Mais vous connaissez parfaitement l'intérieur de la basilique ?

— Tout à fait. J'y ai pris de nombreuses photos.

Après avoir déposé Énimie chez elle et avant de rentrer chez lui, Alexandre consulte ses messages. L'un d'eux, provenant d'un collègue de la Crim, l'informe que Karim Benamar et Moussa Mansour, les deux jeunes qui avaient crié « Allah Akbar » dans la basilique, ont été mis hors de cause. Ils ont un alibi. Ce soir-là, ils participaient tous les deux à un match de basket à Cergy, comme tous les jeudis soirs. L'entraîneur et les co-équipiers de leur club ont confirmé leur présence. Ils n'auraient pas eu le temps de se rendre à Argenteuil pour tuer Sami Kassir. Et ils n'étaient pas inscrits à la conférence.

11. RÉSURRECTION

Le soir, dans sa chambre, Alexandre poursuit ses recherches sur Internet. Pourquoi la tunique d'Argenteuil n'est-elle pas connue ? Ça l'intrigue.

Les pèlerinages et les ostensions solennelles de la tunique reprirent au XIXe siècle. Le 18 mai 1804, le culte fut relancé avec l'accord de l'évêque de Versailles dont dépendait Argenteuil alors. De 1862 à 1865, une église de style néo-roman fut construite à Argenteuil par Théodore Ballu sur le site d'un ancien monastère mérovingien, à quelques centaines de mètres de l'ancienne abbaye Notre-Dame. Elle fut consacrée en 1866. On transféra la tunique dans le nouvel édifice et les ostensions reprirent. En 1892, les morceaux de la tunique furent fixés sur un support de satin plus solide afin de résister à l'épreuve du temps.

En 1894, l'évêque de Versailles commanda une première étude scientifique qui identifia du sang humain sur la tunique. La même année, le chanoine Tessier prépara une grande ostension et fit embellir l'église. Il offrit à la paroisse un grand reliquaire de style néo-byzantin afin de pouvoir présenter la relique déployée.

En 1898, l'église fut élevée au rang de basilique par le pape Léon XIII. En 1900, une ostension eut lieu dans la basilique Saint-Denys d'Argenteuil. En 1916, le site de l'ancienne abbaye disparut avec l'installation de l'entreprise de mécanique Debet et Kornberger.

La première ostension solennelle du XXe siècle se déroula du 30 mars au 21 mai 1934. Elle attira de nombreux fidèles. La basilique d'Argenteuil fut bombardée pendant la Seconde Guerre mondiale. Des processions eurent encore lieu dans les années 1950. Ensuite, la tunique de Jésus tomba de nouveau dans l'oubli. Cependant, en 1979, elle fut classée monument historique ainsi que l'autel-reliquaire réalisé en 1894.

Le 13 décembre 1983, la tunique fut volée puis restituée le 2 février 1984 au père Guyard, le curé de la paroisse, sous le secret de la confession. Le prêtre n'a jamais révélé l'identité du voleur. Une nouvelle ostension eut lieu en 1984 et la suivante fut programmée pour 2034. La même année, la faillite de l'entreprise Debet et Kornberger amena la municipalité à acquérir le terrain et à y effectuer des sondages en vue de l'urbanisation du quartier. À partir de 1989, des fouilles mirent au jour les vestiges de l'abbaye Notre-Dame, une nécropole mérovingienne ainsi que des céramiques et des pavements. En 1995, le cercle d'études COSTA (Comité œcuménique et scientifique de la sainte tunique d'Argenteuil) fut créé pour promouvoir son étude et sa vénération.

Le 14 novembre 1996, un arrêté inscrit le site de l'ancienne abbaye Notre-Dame aux monuments historiques.

Pour le jubilé de l'année 2000, l'évêque de Pontoise, « gardien de la sainte tunique », décida de présenter la tunique dans son petit reliquaire. À partir de 2005, les pèlerinages de la tunique d'Argenteuil recommencèrent et, en 2011, la Confrérie de la sainte tunique reprit ses activités. En 2014, le site de l'ancienne abbaye Notre-Dame, aménagé, fut ouvert au public.

Du 25 mars au 10 avril 2016, se tint une ostension exceptionnelle de la tunique en raison de la conjonction de trois événements : les 50 ans du diocèse de Pontoise, les 150 ans de la construction de la basilique Saint-Denys et l'année de la Miséricorde décrétée par le pape.

Au printemps 2025, une nouvelle ostension exceptionnelle de la tunique d'Argenteuil est prévue dans la basilique. À deux minutes à pied, les visiteurs peuvent découvrir les « jardins de l'abbaye » qui conservent les vestiges de l'ancienne abbaye Notre-Dame qui avait abrité la sainte relique de l'an 800 à la Révolution de 1789. À proximité immédiate, sur le chemin vers la basilique, on peut voir aussi la chapelle saint Jean-Baptiste, l'unique vestige encore sur pied de cette abbaye.

Alexandre referme son ordinateur portable et le pose sur sa table de chevet. Maintenant, il connaît toute l'histoire de la tunique d'Argenteuil. Épuisé, il ne tarde pas à s'endormir.

12. PAROUSIE

Le lendemain matin, Alexandre arrive à la basilique d'Argenteuil où l'attend le recteur.

— Vous vouliez me poser des questions ? demande Jacques-Gabriel Carnot, les yeux écarquillés.

— Oui, en effet. Je n'en ai pas pour longtemps.

— Votre enquête avance ? Vous avez une piste ?

— C'est possible, répond Alexandre. J'ai quelques points de théologie à éclaircir avec vous.

— Je vous écoute.

— Vous avez entendu parler du Second Coming Project ?

— Non, qu'est-ce que c'est ?

— Ce projet vise à faire revenir Jésus sur Terre en utilisant des cellules qui se trouvent sur ses reliques, en particulier le linceul de Turin et la tunique d'Argenteuil.

— C'est de la science fiction ! s'exclame le recteur.

— Je suis d'accord avec vous mais beaucoup de gens y croient. De nombreuses organisations – des sectes, des groupes de pression et des congrégations diverses – veulent cloner le Christ. Ils ne se contentent plus de réponses évasives du type « Jésus est dans nos cœurs et en tous lieux ». Ils veulent des actes. Si rien n'est fait, ils considèrent que les chrétiens attendront le retour du Christ éternellement. Ils envisagent depuis quelques années de faire revenir Jésus eux-mêmes, avec l'aide de la science. Aide-toi, le Ciel t'aidera ! La seconde venue de Jésus deviendrait alors réalité. Qu'en pensez-vous ?

— Ce projet est complètement fou ! J'en ai entendu parler mais je ne connaissais pas son nom. Cela ne concerne pas du tout notre Église ! Ce projet semble s'appuyer sur ce que nous appelons la parousie.

— La parousie ? C'est quoi ?

— En récitant le Symbole de Nicée, nous annonçons le retour du Christ à la fin des temps, c'est la parousie. On parle beaucoup de la fin des temps depuis quelques années. Il y a d'abord eu la pandémie liée au Covid et maintenant on redoute une grande crise écologique qui menace le monde. Et pourquoi pas une nouvelle guerre mondiale…

— Qu'est-ce que c'est la parousie exactement ?

— C'est le second avènement de Jésus, sa seconde venue si vous préférez. Avec ce retour, il est question de la fin des temps et d'un déferlement de catastrophes… À plusieurs reprises dans les Évangiles, Jésus annonce son retour, ou encore « la venue du fils de l'homme ». Il dit à ses apôtres : « Quand je serai parti vous préparer une place, je reviendrai et je vous emmènerai auprès de moi, afin que là où je suis, vous soyez, vous aussi ». Nous sommes face à l'inconnu et chaque époque a interprété l'annonce de Jésus de différentes façons. Les premiers chrétiens imaginaient que le retour du Christ serait imminent. D'ailleurs, Jésus lui-même avait annoncé : « Je vous le dis en vérité, cette génération ne passera point que tout cela n'arrive ». La crise écologique et le dérèglement climatique que nous vivons aujourd'hui peuvent rappeler les prédictions apocalyptiques. C'est ce que pensent certains. Depuis la frayeur de l'an 1000, les prophètes de tragédies n'ont jamais manqué. L'humanité traverse de grandes épreuves et il nous faut vivre avec. Annoncer la fin du monde, c'est encore vouloir être maître du temps.

— Quand aura lieu la parousie ?

— On l'ignore. Les chrétiens sont dans l'attente confiante, priant pour la venue du Seigneur. La science n'a pas à intervenir. Ceux qui ont la foi ne doivent pas craindre la fin du monde qui sera l'accomplissement définitif du règne de Dieu sur terre. Le chrétien croit que l'humanité se précipite dans les bras du Christ. Nous connaîtrons le sens ultime de toute l'œuvre de la création et de toute l'économie du salut. Et nous comprendrons les chemins admirables par lesquels sa Providence aura conduit toute chose vers sa fin ultime. Attendre le retour du Christ, c'est vivre selon l'Évangile. Depuis 2000 ans, bien des représentations fausses ont alimenté les peurs. Les chrétiens croient que le monde n'est pas fermé sur lui-même mais ouvert par le Christ à l'espérance. Nul n'est dispensé des épreuves de l'existence, le temps de l'histoire est un temps de combat. Le chrétien habite le monde sans le fuir, en y témoignant d'une espérance.

— Et que pensez-vous de ces sectes qui veulent accélérer les choses en créant un nouveau Jésus ?

— Nous n'avons rien en commun avec ce que prônent ces sectes. C'est Dieu qui décide, ce ne sont pas les hommes.

13. LA SCIENTIFIQUE

Le lendemain matin, Alexandre Coste roule vers le sud de l'Île-de-France et emprunte la N118 au niveau du pont de Sèvres. Il prend la direction du plateau de Saclay, dans l'Essonne, où se trouve le laboratoire des Sciences du climat et de l'environnement qui dépend du Commissariat à l'énergie atomique (CEA), du CNRS et de l'Université de Versailles Saint-Quentin-en-Yvelines. Cet organisme a fondé la datation carbone 14 en France en 1961. Il dispose aujourd'hui d'une expertise reconnue dans le monde entier. Il a travaillé, entre autres, sur le linceul de Turin (daté du XIIIe ou du XIVe siècle), sur Ötzi, l'homme des glaces mort il y a 5 000 ans, et sur les peintures rupestres de la grotte Chauvet.

Anaïs Guzman accueille le policier dans son étroit bureau. C'est une petite femme d'une trentaine d'années, au visage rond en partie dissimulé par d'immenses lunettes avec des cheveux ramassés en un petit chignon dont la nuance châtain clair disparaît derrière des mèches blondes rebelles. Sa blouse blanche froissée complète sa parfaite panoplie de chercheuse.

— Vous avez étudié la tunique d'Argenteuil ? demande Alexandre.

— Elle a été étudiée ici, en effet mais pas par moi ! rectifie Anaïs en riant. C'était il y a un peu plus de vingt ans. J'étais à l'école primaire à l'époque.

— Quelles sont les conclusions des analyses effectuées ici ? À quelle période a été fabriquée la tunique d'Argenteuil ?

— La datation au carbone 14 a situé sa fabrication bien après la mort du Christ, répond Anaïs.

— Cela signifie donc que c'est une fausse relique ? demande Alexandre.

— Ça m'en a tout l'air…

— Le résultat de l'étude de votre laboratoire a été contesté…

— Le contraire aurait été étonnant, rétorque Anaïs. Ceux qui contestent nos conclusions prétendent que le textile a subi des pollutions au cours de son histoire. C'est un argument facile. Suivez-moi. Je vais vous montrer quelque chose…

Anaïs entraîne Alexandre dans l'ascenseur. Ils descendent au sous-sol puis empruntent un long couloir. La chercheuse fait entrer le policier dans une salle au centre de laquelle trône une machine sophistiquée.

— Je vous présente Artemis ! lance Anaïs. C'est un accélérateur de particules couplé à un spectromètre de masse dédié à la datation au carbone 14.

— Enchanté Artemis ! lance Alexandre. C'est impressionnant !

— C'est grâce à cet outil de haute technologie que les échantillons de la tunique d'Argenteuil ont été datés en 2004 dans le plus grand secret, explique Anaïs. Avec des résultats très clairs pour les scientifiques, excluant que la tunique soit de l'époque de Jésus-Christ.

— En quelle année elle a été fabriquée alors ?

— Le premier échantillon a été daté autour des années 570-580 après J.-C., à plus ou moins 40 ans. Et le second autour de 600 ans après J.-C., à plus ou moins 40 ans aussi. Et ceci, avec une probabilité de 95,4 %.

— Les résultats sont pourtant contestés aujourd'hui par l'Église qui s'appuie en particulier sur les travaux de Pedro Mascarell Soler, un généticien qui pense avoir retrouvé l'ADN du Christ.

— Ce type n'est pas sérieux ! Ici, nous suivons un protocole extrêmement rigoureux et défini, approuvé et partagé par tous les laboratoires qui travaillent dans la datation carbone 14 dans le monde. Comment ose-t-il contester l'éthique de nos chercheurs. Je refuse que leur travail soit discrédité.

— D'après lui, la mauvaise conservation de la tunique pourrait fausser le résultat...

— Les échantillons ont fait l'objet d'un traitement chimique, la datation a été contrôlée tout au long du processus afin de vérifier que l'on n'introduise pas de carbone récent. Nos données sont fiables. Plusieurs échantillons ont été datés ; les résultats sont tous concordants et incontestables. Ici, nous n'avons aucun doute sur la datation. Le reste, ce n'est pas de la science.

— Vous êtes donc certaine que la tunique date du Moyen Âge ?

— Absolument ! En 2004, nos analyses ont révélé, grâce à la datation au carbone 14, fiable avec une précision de 95,4 %, que la relique était plus récente que Jésus, puisqu'elle aurait été fabriquée entre 530 et 650 après sa naissance. Nous avons aussi découvert que le tissage utilisait une technique médiévale – le tissage en Z – alors qu'au temps de Jésus, au Proche Orient, la technique de tissage était différente – c'était du tissage en S.

— Les résultats de votre laboratoire ont été immédiatement mis en doute ?

— Pas tout de suite ; seulement trois ans plus tard, répond la chercheuse. Tous ceux qui sont persuadés que la tunique d'Argenteuil est authentique ont lancé une contre-attaque.

— Ça s'est passé comment ?

— Des livres sont parus. Et des articles aussi comme ceux du professeur Mascarell Soler. Ce généticien est d'ailleurs très apprécié des milieux de l'intégrisme catholique. Il prétend étudier la tunique d'Argenteuil depuis vingt ans. Il affirme avoir retrouvé des traces d'ADN confortant son origine biblique. Selon Pedro Mascarell Soler, celui qui a porté la tunique était d'origine moyen-orientale et son ADN serait celui d'un homme appartenant à la lignée des rois. Pedro Mascarell Soler devrait savoir qu'aucune déclaration définitive ne peut être faite à propos de la nature ou de la provenance du sang, à savoir si elle est masculine ou du Proche-Orient. On ne peut pas non plus confirmer le type sanguin car l'ADN était très fragmenté. Et puis, il s'est livré à une remise en cause totale de la datation au carbone 14, ce qui est délirant ! Il explique qu'il aurait réalisé une nouvelle datation avec ses propres moyens. À partir des mêmes échantillons, les résultats présentent un écart de près de 200 ans. Nous avions daté la tunique entre 530 et 640 après Jésus-Christ avec une date moyenne de 590. La seconde datation, faite par un laboratoire de Zurich, a daté les mêmes échantillons à 670-880 après J.-C. avec une date moyenne fixée à 775.

— Comment vous expliquez cette différence ?

— L'écart de ces deux analyses est peu important et permet de considérer que la tunique d'Argenteuil date de la fin du VIIe siècle ou est postérieure. En ce sens, la seconde analyse vient confirmer la première en établissant que la tunique est postérieure à Jésus. Et puis, ce n'est pas tout. Vers 1892, des chercheurs se sont penchés sur les aspects matériels de la tunique d'Argenteuil. Les premières analyses du tissu ont établi que c'était un tissu de laine de mouton et que les taches de sang étaient du sang humain. En 1934, d'autres études ont montré une teinture à base de garance. Mais ces études ne prouvent en rien l'authenticité de la relique car la laine de mouton était aussi utilisée pour faire des vêtements au Moyen Âge, tandis que la garance était utilisée à la même époque en Europe et au Moyen-Orient pour teindre les vêtements en rouge. On l'appelait même la « garance des teinturiers ». De véritables taches de sang ne constituent pas une preuve pour authentifier la tunique d'Argenteuil car un faussaire aurait très bien pu ajouter quelques gouttes de sang pour donner un effet réaliste. Ces études ont été reprises depuis 1984, l'année où une grande ostension a eu lieu à Argenteuil. Plus récemment, en 2003, une étude du pollen aurait établi que, sur dix-huit sortes de pollens recueillies sur la tunique, deux espèces ne se trouvaient qu'en Palestine. Cette identification nous semble un peu rapide car les spécialistes des pollens disent qu'il est parfois impossible de déterminer une espèce végétale à partir de son pollen. On ne peut qu'en identifier le genre, voire la famille, mais pas l'origine géographique ! Par ailleurs, la présence de pollens orientaux pourraient s'expliquer par la vente de parfums orientaux dans les marchés médiévaux.

Alexandre remercie la chercheuse de l'avoir accueilli et quitte le laboratoire, satisfait. Son esprit rationnel est rassuré. Il y voit maintenant plus clair : alors, la tunique d'Argenteuil ne serait-elle finalement qu'une de ces nombreuses fausses reliques provenant de Byzance ? On trouvait dans cette ville un grand marché de reliques factices que dénonçait déjà Grégoire de Tours au VIe siècle. Des devins et des imposteurs en faisaient un commerce florissant. Mais revenons au présent. L'enquête avance ; le policier n'a plus qu'une personne à voir.

14. RÉVÉLATION

Vers neuf heures du matin, Alexandre Coste arrive au centre-ville d'Argenteuil et se gare près de l'esplanade de la basilique Saint-Denys. Il marche jusqu'au Centre pastoral et va directement frapper à la porte du bureau d'Énimie Chardaire situé au rez-de-chaussée du bâtiment. Celle-ci semble surprise de sa visite.

— Bonjour Énimie. Je peux vous parler ?

— Oui…

— Le soir de l'événement que vous avez organisé à la basilique, la plupart des participants sont partis après la conférence ainsi que le recteur, le généticien et la coordinatrice. Il ne restait que Henri-Noël Cousin et les participants qui voulaient acheter ou se faire dédicacer son livre. Il y a avait aussi la libraire du quartier qui fournissait les ouvrages. C'est bien ça ? Je n'oublie personne ?

— Oui, c'est ce que je vous ai dit…

— Que s'est-il passé après la conférence ?

— Les participants qui le souhaitaient se sont fait dédicacer un livre par l'écrivain. Ils sont partis au fur et à mesure. À la fin de la séance, la libraire a remballé les livres qui restaient, les a mis dans des cartons qu'elle a transportés avec son mari sur un diable. Ils sont partis rapidement. J'ai échangé quelques mots avec Henri-Noël Cousin puis il est parti à son tour. J'ai fermé la porte derrière lui, donc personne n'a pu rentrer à ce moment-là. Je me suis retrouvée seule. J'ai fait un tour rapide de la basilique, j'ai éteint toutes les lumières et je suis sortie par une porte secondaire que j'ai verrouillée aussi.

— Vous êtes certaine que vous ne connaissiez pas Sami Kassir ? demande Alexandre avec insistance.

— Je ne le connaissais pas, répond Énimie. Pourquoi vous me demandez ça ?

Énimie sent ses joues s'embraser. Alexandre n'a probablement aucun mal à lire sur son visage qu'elle lui cache quelque chose.

Alexandre sort une photo de sa poche.

— C'est bien vous avec Sami ?

Énimie se sent rougir davantage et baisse les yeux.

— C'est Sami et vous ? répète Alexandre. Et vous êtes en train de vous embrasser, ça ne fait aucun doute. Cette photo a été prise le jour de la conférence, quelques heures avant la mort de Sami Kassir. À ce moment-là, il était loin de se douter qu'on allait bientôt l'assassiner…

— Vous avez eu cette photo comment ? demande Énimie d'une voix tremblante.

— Nous avons consulté les images de vidéosurveillance du quartier de la basilique. Cette photo est extraite de la bande d'une caméra située à proximité de l'édifice. C'était avant la conférence.

— Oui, admet Énimie. C'est Sami et moi.

— Pourquoi vous m'avez caché que c'était votre petit ami ? demande le policier en colère.

Énimie évite de regarder Alexandre mais sent son regard sur elle et sa colère.

— J'avais peur que vous me soupçonniez.

— Vous croyez vraiment que je n'aurai pas fini par le découvrir ?

— Je ne connaissais pas Sami depuis longtemps, souffle Énimie, bouleversée, avant d'enfouir le visage dans ses mains.

— C'est-à-dire ?

— Je sortais avec lui depuis deux mois seulement.

— Et vous l'aviez connu où ? demande Alexandre, tapant du poing sur le bureau.

— À la basilique. Il était venu voir la tunique et il m'avait posé des questions. Nous avons sympathisé.

— Il vous a dit qu'il appartenait à un groupuscule d'extrémistes chrétiens ?

— Non, répond la jeune femme. Je l'ignorais.

— Eh bien moi je vous le dis. Il faisait partie d'un groupe qui cherche à récupérer du sang de la tunique. Ça ne vous dit rien ?

— Non ! Pourquoi veulent-ils récupérer du sang ?

— Pour cloner le Christ.

— C'est absurde ! Je sais que des gens suivent de près les travaux de Pedro Mascarell Soler mais j'ignorais qu'ils veulent récupérer du sang sur les reliques. Et Sami ne m'en avait jamais parlé.

— Ces gens sont persuadés qu'on peut prélever l'ADN de Jésus sur les fragments tachés de sang de la tunique. Et ils sont prêts à commettre un sacrilège : créer un nouveau Jésus ! Pourquoi Sami s'est inscrit à la conférence de jeudi soir alors ?

— C'est vrai qu'il était intéressé par le sujet, reconnaît Énimie. Mais j'ai cru qu'il était venu parce que c'est moi qui organisais l'événement.

— Vous deviez rentrer ensemble alors ce soir-là ?

— Sami et moi, nous ne vivions pas ensemble. Moi, j'habite à Argenteuil et lui était à Bezons.

— Il ne vous a pas attendue après la conférence ? insiste le policier.

— Non, il voulait rentrer chez lui. Il devait se lever tôt le lendemain pour son boulot.

— C'était quoi son boulot ?

— Consultant en marketing. Il avait une réunion importante le lendemain matin. Il devait y faire une présentation à un client.

— J'ai du mal à croire qu'il soit venu à la conférence que vous organisiez et qu'il n'ait pas voulu vous raccompagner et passer la nuit avec vous… Et puis, nous avons trouvé l'arme du crime : un chandelier de la basilique. Nous l'avons envoyé au labo pour analyse. Les résultats indiquent qu'il est l'arme du crime : il y avait le sang de la victime dessus. La police scientifique a aussi relevé les empreintes de plusieurs personnes dont les vôtres.

— Je travaille à la basilique, tente de se justifier la responsable de la communication. Il m'arrive de remettre des objets en place.

Énimie se sent prise au piège ; elle réalise qu'Alexandre l'a associée l'autre jour à son enquête uniquement pour qu'elle se trahisse.

— Depuis combien de temps avez-vous cette photo de Sami et moi ? demande-t-elle.

— Depuis la veille de notre déplacement à Louveciennes pour voir Henri-Noël Cousin. Des caméras de vidéosurveillance sont présentes dans le quartier de la basilique d'Argenteuil. Les collègues ont visionné les films et ils ont cherché les séquences où Sami Kassir apparaissait. J'espérais que vous me révéleriez votre relation avec lui avant que je ne vous montre les images. Mais ça n'a pas été le cas. Je vous ai pourtant tendu la perche mais vous ne l'avez pas saisie. Alors Énimie, dites-moi ce qui s'est passé ce soir-là !

Le ton d'Alexandre se fait plus dur. Énimie fond en larmes. C'est comme si on la trahissait une nouvelle fois. Décidément, elle ne peut pas faire confiance aux hommes… Elle se creuse la tête en quête d'un improbable trait de génie qui lui permettrait de se sortir du guêpier dans lequel elle se trouve désormais. Mais elle ne trouve rien : son histoire va s'écrouler comme un château de cartes. Ses mains esquissent un geste, comme si elle allait parler mais aucun mot ne parvient à sortir de sa bouche.

— C'était risqué, je sais, parvient-elle enfin à dire. Mais j'étais persuadée qu'on ne pourrait établir aucun lien entre lui et moi. Personne n'était au courant de notre relation.

— Vous saviez que Sami participait au projet Second Coming Project ? demande Alexandre en surveillant attentivement son interlocutrice.

— Non, c'est quoi ce projet ?

— Le groupuscule extrémiste auquel il appartenait prône le rétablissement du catholicisme comme religion d'État et l'instauration du règne social du Christ Roi. Et le projet Second Coming vise à cloner Jésus.

Énimie se penche pour poser le menton sur ses poings. Puis elle se redresse et s'éclaircit la gorge.

— Ces gens sont des dingues, soupire Énimie, essuyant ses larmes d'une main. Je ne l'ai compris que ce soir-là.

— Vous les avez rencontrés ? Ils voulaient quoi ?

Énimie perçoit le regard d'Alexandre peser sur elle. Elle pousse un soupir agacé.

— Je ne les ai jamais vus à l'exception de Sami. Ce soir-là, il m'a révélé qu'il voulait prendre un morceau de la tunique d'Argenteuil. Il voulait le confier à quelqu'un qui allait prendre une cellule intacte, en extraire l'ADN et l'introduire dans un ovule. Une fois fertilisé, celui-ci aurait été introduit dans l'utérus d'une vierge qui devait donner naissance à un second Jésus lors d'une nouvelle naissance virginale. Sami pensait que, si la science et la technique le permettent, il n'y a pas de raisons morales, légales ou bibliques de ne pas accélérer le retour du Christ sans avoir à attendre la fin des temps. Il était persuadé que, lors de sa seconde venue, Jésus sauverait le monde des guerres, de la violence, de l'injustice et du péché. Il y a quelques années, lors de la datation au carbone 14, les gens ont cru que les reliques étaient fausses et qu'elles avaient été fabriquées au Moyen Âge. Les sectes s'y sont moins intéressées. Mais il y a eu ensuite des scientifiques comme Pedro Mascarell Soler qui ont déclaré que ces analyses avaient été effectuées avec un manque de rigueur, sans tenir compte des conditions dans lesquelles ces tissus avaient été conservés. L'intérêt pour les reliques de Jésus est revenu. Pour de nombreuses sectes et congrégations, le clonage est la première étape sérieuse de l'être humain pour se rapprocher de Dieu. En dehors de l'Église, une dizaine de scientifiques possèdent des échantillons de sang prélevés sur la tunique. Les sectes tentent de leur acheter le sang du Christ. Elles sont convaincues de la force de persuasion de l'argent mais, jusqu'à présent, aucun chercheur n'a accepté. C'est pour cette raison que Sami a été envoyé à Argenteuil pour voler un morceau de tunique. J'ai tout découvert ce soir-là. Quand Sami m'a dévoilé son vrai visage.

— À quel moment ? demande Alexandre.

— Quand nous nous sommes retrouvés seuls dans la basilique, il m'a demandé de m'emparer de la tunique, de la déplier et d'en couper un morceau.

— Pourquoi il ne l'a pas fait lui-même ?

— Il ne voulait pas apparaître sur les films de la vidéosurveillance. Comme je connais très bien les lieux, il pensait que je saurais désactiver la caméra. Dans tous les cas, je devais prendre la tunique moi-même dans son reliquaire. Si c'était filmé, on m'aurait accusée à sa place. Il se servait de moi depuis le premier jour.

— Et comment vous avez réagi ?

— J'ai refusé évidemment. J'ai compris qu'il était sorti avec moi uniquement dans l'objectif d'approcher la tunique et de me manipuler pour en récupérer un morceau. J'étais écœurée. Il m'a alors récité tout ce que sa secte lui avait mis dans la tête : que l'Église vit dans l'espérance du retour glorieux du Christ à la fin des temps, que l'Esprit saint, par l'Écriture sainte, le demande, etc.

— Que s'est-il passé ensuite ?

— Après mon refus, il m'a menacée et m'a giflée. J'ai alors pris la fuite mais il m'a rattrapée et m'a fait tomber. Je me suis relevée et j'ai attrapé le chandelier qui n'était pas loin. Je l'ai frappé à la tête avec et il s'est écroulé. Il ne bougeait plus. Il avait une plaie sur le crâne. Le sang coulait. J'ai compris qu'il était mort. J'ai alors eu l'idée d'une mise en scène pour faire croire à un crime d'extrémistes religieux. Je l'ai traîné jusqu'à la grande croix en bois à côté du chœur et je l'ai déshabillé. J'ai eu l'idée de dessiner un symbole ésotérique sur son corps pour brouiller les pistes. Puis je l'ai hissé sur une chaise et je suis parvenue à l'attacher à la croix. C'était très difficile. J'ai cru que je n'y arriverais pas. Heureusement, il était plus petit que moi et mince. Je ne sais pas où j'ai puisé ma force.

— Ce symbole ésotérique, comme vous dites, m'a mis la puce à l'oreille, déclare Alexandre. Vous êtes trop perfectionniste Énimie…

— Que voulez-vous dire ?

— Vous avez reproduit sur son torse le motif qui figure sur la Pierre mystérieuse d'Aumont-Aubrac, en Lozère, département dont vous êtes originaire. Je dois reconnaître que vous êtes plutôt douée pour le dessin, surtout dans des circonstances pareilles. Il n'y avait guère que vous, ici, qui pouviez connaître cette pierre mystérieuse. Vous nous avez donné du fil à retordre. Nos équipes ont passé beaucoup de temps à chercher ce motif étrange qui semble unique. Rien ne lui ressemble. Apparemment, son origine reste inconnue. Cette pierre en granit aurait été trouvée dans les soubassements des anciennes murailles de la commune d'Aumont-Aubrac. Certains ont pensé à une svastika ou un christogramme, personne ne sait vraiment ce qu'elle représente. Aujourd'hui, on peut la voir sur le mur d'une maison sur le chemin de Saint-Jacques-de-Compostelle. Vous voyez, mes collègues ont bien bossé. Vous n'avez pas pensé que sa provenance vous trahirait si on l'identifiait ? Ou bien vous avez pensé qu'on ne trouverait jamais l'origine de ce dessin ? Vous n'auriez pas dû sous-estimer la Crim. Au fait, qu'avez-vous fait des affaires de Sami ?

— Elles gisent au fond de la Seine, répond Énimie en larmes.

ÉPILOGUE

Dans les Évangiles, Jésus annonce son retour ou encore « la venue du fils de l'homme ». Il s'adresse à ses apôtres : « Quand je serai parti vous préparer une place, je reviendrai et je vous emmènerai auprès de moi, afin que là où je suis, vous soyez, vous aussi » (Évangile de Jean 14, 3). Son retour doit se faire dans un déferlement de violence avec un appel à la vigilance : « Veillez donc, car vous ne savez pas quel jour votre Seigneur vient. » (Évangile de Matthieu 24, 42). Mais aucune date n'est définie : « Pour ce qui est du jour et de l'heure, personne ne le sait, ni les anges des cieux, ni le Fils, mais le Père seul » (Matthieu 24,36).

« Car le Fils de l'homme va venir avec ses anges dans la gloire de son Père ; alors il rendra à chacun selon sa conduite » (Matthieu 16, 27).

« Vous le savez : c'est le moment, l'heure est déjà venue de sortir de votre sommeil. Car le salut est plus près de nous maintenant qu'à l'époque où nous sommes devenus croyants. La nuit est bientôt finie, le jour est tout proche. Rejetons les œuvres des ténèbres, revêtons-nous des armes de la lumière » (Romains 13, 11-12). « Prenez patience, vous aussi, et tenez ferme car la venue du Seigneur est proche » (Jacques 5, 8).

Saint Pierre affirme qu'il nous faut marcher vers la sainteté et prier pour « hâter l'avènement du jour de Dieu ». Il lui semble que c'est le plus grand service qu'il peut rendre à ses frères. « Nous serons tellement plus vivants quand Dieu sera tout en tous ». « Cependant le jour du Seigneur viendra, comme un voleur. Alors les cieux disparaîtront avec fracas, les éléments embrasés seront dissous, la terre, avec tout ce qu'on a fait ici-bas, ne pourra y échapper. »

Un monde nouveau apparaîtra : « Alors j'ai vu un ciel nouveau et une terre nouvelle, car le premier ciel et la première terre s'en étaient allés et, de mer, il n'y en a plus » (Apocalypse 21, 1).

« Il y aura des signes dans le soleil, la lune et les étoiles. Sur terre, les nations seront affolées et désemparées par le fracas de la mer et des flots. Les hommes mourront de peur dans l'attente de ce qui doit arriver au monde, car les puissances des cieux seront ébranlées. Alors, on verra le Fils de l'homme venir dans une nuée, avec puissance et grande gloire. » (Évangile de Luc 21, 25-27).

Après avoir relu ces textes, Jack Stanton referme son livret. Il voit trop les effets du péché en lui et dans le monde, il rencontre trop la douleur et la souffrance des gens pour ne pas désirer pour tous la plénitude de la promesse. Le bonheur que Dieu promet, c'est l'avènement de Jésus, le Sauveur. Pourquoi tarder ?

Jack prie pour hâter l'avènement du jour de Dieu, le retour du Christ dans la Gloire.

Son avion se prépare à atterrir à l'aéroport de Roissy Charles de Gaulle, au nord de Paris. Le programme de son séjour en France est déjà fixé. Après avoir récupéré ses bagages, il prendra un taxi jusqu'à Argenteuil où il a réservé une chambre d'hôtel. En fin de journée, il ira à la basilique Saint-Denys d'Argenteuil pour repérer les lieux. À la fin du mois, il retournera aux États-Unis avec ce qu'il est venu chercher en France : un morceau de la sainte tunique de Jésus qui permettra à son église de cloner le Christ.

L'HISTOIRE D'ARGENTEUIL

Argenteuil possède une histoire riche et méconnue. Et, au fil des siècles, le nombre de ses habitants n'a cessé de croître. En 1250, 450 personnes y vivaient. En 1520, Argenteuil comptait 3 000 habitants et, en 1800, 4 600. Aujourd'hui, 107 000 personnes y résident. C'est la première ville du Val d'Oise.

IVe siècle. Les Romains apportèrent à Argenteuil la culture de la vigne.

656. Fondation d'un monastère de bénédictines.

665. Le nom d'Argenteuil apparut pour la première fois dans la charte de la fondation de Childebert III qui accorda le droit d'élever un monastère à Argentoialum.

800. La tunique supposée de Jésus fut donnée à Argenteuil par Charlemagne.

1110 – 1129. Héloïse [Héloïse et Abélard]

1110. Héloïse grandit auprès des bénédictines de l'abbaye Notre-Dame d'Argenteuil où les jeunes filles nobles d'Île-de-France étaient éduquées.

1125. Une fois le secret de son mariage avec Abélard connu, Héloïse se retira à l'abbaye et en devint prieure. La communauté en fut chassée en 1129.

1544. Le roi François Ier autorisa la construction de fortifications autour du bourg pour protéger la tunique de Jésus. Le vin d'Argenteuil, considéré comme un excellent vin, était apprécié par le roi qui l'utilisait comme cadeau diplomatique.

1694. Louis XIV autorisa par lettres patentes la création d' un hôpital à Argenteuil.

Années 1840. Le canotage dominical sur les bords de Seine prit son essor. Ce loisir très populaire mêlait employés, petits fonctionnaires, artistes et prostituées. Le canotier, en costume rayé et les bras nus, devint un nouveau type parisien.

Années 1850. L'industrie plâtrière d'Argenteuil qui remontait à l'époque gallo-romaine connut son apogée grâce à la proximité du plus gros gisement de gypse d'Europe et aux grands travaux haussmanniens à Paris. Des usines commencèrent à s'installer au bord de la Seine. Les établissements métallurgiques Joly réalisèrent, entre autres, les halles de Baltard à Paris, les piliers de la tour Eiffel et la gare Saint-Lazare. Dans les années 1870, les établissements de construction métallique Baudet-Donon ouvrirent une usine.

1863. Le chemin de fer arriva à Argenteuil grâce à la construction d'un pont métallique, mettant ainsi la ville à moins de vingt minutes de Paris. Argenteuil devint le lieu de villégiature préféré des Parisiens qui appréciaient l'ambiance bucolique de ses bords de Seine, ses gargotes et ses coteaux ensoleillés. Les compétitions de régates, illustrées dans les toiles des impressionnistes, attiraient des foules de passionnés sur un tronçon de la Seine où le fleuve était large de 195 mètres et plus profond qu'ailleurs dans la région.

1871-1878. Argenteuil fut un haut lieu de l'impressionnisme avec les visites et les séjours de peintres. Claude Monet y habita de 1871 à 1878. Il y a peint plus de 256 œuvres et pas moins de 156 ont pour sujet la ville d'Argenteuil. Alfred Sisley y habita en 1872. Gustave Caillebotte vivait à côté, à Gennevilliers. Édouard Manet fut invité par Claude Monet en 1874 et y réalisa plusieurs toiles. Renoir, Camille Pissarro, Van Gogh et Cormon profitèrent aussi de la douceur des bords de Seine et de l'ambiance des guinguettes. Argenteuil inspira le compositeur Ambroise Thomas.

1882. Le peintre Georges Braque naquit à Argenteuil.

1873-1890. Guy de Maupassant pratiqua avec passion le canotage sur la Seine, à Argenteuil et à Bezons. Il occupait une chambre à l'Auberge du Petit Matelot où il fonda la colonie d'Aspergopolis en référence aux asperges d'Argenteuil servies dans les restaurants du coin. Dans ses œuvres « Sur l'eau » (1881), « Une partie de campagne » (1881) et « Mouche » (1890), la Seine est un élément clef.

Argenteuil inspira à Maupassant au moins six nouvelles et apparaît dans « Bel-Ami ».

À partir de 1890. Des constructeurs d'avions (Breguet, Donnet-Lévêque, Schreck) et d'automobiles (Lorraine-Dietrich) s'installèrent à Argenteuil.

Début du XXe siècle. Argenteuil connut une intense activité industrielle. Elle accueillit de nombreuses industries liées à l'automobile, aux pneumatiques (Morel devenu Dunlop), à la construction navale (Chantiers Claparède, Boucher) et à l'aéronautique (Lioré et Olivier, Leduc, Dassault). Justin-Dupont (devenu Roure-Bertrand & fils, Roure, Givaudan-Roure puis Givaudan) installa à Argenteuil une des premières manufactures de produits de synthèse pour la parfumerie. C'est à Argenteuil que sont produits et formulés de célèbres parfums comme Opium d'Yves Saint-Laurent ou Poison de Dior.